線香花火のような恋だった

櫻井千姫

本書は書き下ろしです。

ずっと、世界から目を背けて生きてきた。
ずっと、俺以外の人間を馬鹿にして生きてきた。
そのほうが楽だったから。
そんな俺を変えてくれる、女の子に出会った。
これは、彼女と俺の七日間の物語――

Contents

イラスト／望月深冬

線香花火の
ような
恋だった

1　死神と天使

死の香りは、キンモクセイに似ている。

登校中、俺の鼻が忌々しいその香りをつかまえて、思わず立ちどまる。

駅から高校までの通学路は同じ制服を着た高校生たちであふれかえり、大抵がふたり以上で連れだって歩いていて、せまい道に車が通る隙間はない。

夏にしては遅すぎて秋というにはまだ早すぎるこの時期、ほとんどの生徒がワイシャツに濃紺のパンツ、もしくはブラウスに指定の濃紺のスカート姿。

みんなとなりの友達と楽しそうにしゃべって笑っていて、いかにも眩しい青春の一ページを謳歌しているという感じだ。

この中のだれかが一週間後に死ぬなんて、信じられない。

「痛っ」

だれかが佇む俺の背中にぶつかり、おおげさな声をあげる。

まさかこの人がと思って顔を確認すると、はっきりした怒りがあらわれていた。

「こんなとこでボケッとしてんじゃねーよ！　一年！」

うちの高校は制服につけたバッジの色で学年を判別する。

俺の赤いバッジを一瞬でみとめた男は青いバッジをつけた二年生だった。

後輩とわかったとたん横柄(おうへい)な態度をとる彼にあやまるのも腹立たしく、怒った顔を睨(にら)みかえして歩きだす。

俺の横柄を通りこした態度にいよいよ腹を立てたのか、後ろでワーワーわめく「先輩」の声が聞こえていたが、まわりの友達らしきやつらにたしなめられていた。

ふと、民家のブロック塀(べい)のむこうにキンモクセイの黄色い花が見える。

香りの正体はこれだったのかと気づいて、ただでさえ嫌いな花がもはや憎らしい。

俺は人が死ぬ一週間前から、死の香りを感じとることができる。

生まれる前に死んだじいちゃんから受けついだこの能力は、ことキンモクセイの季節には俺を苦しめる。

死の香りを感じとれるからといって、その人が死ぬ運命をかえられるわけではないということを、経験上、知っているから。

客観的に見ればこれは超能力なのかもしれない。

でも用途のない超能力は、生きていくのに邪魔なだけだ。

「ねぇねぇ見てこれ。ゆうべ、彼からこんなメッセきちゃったー」

教室につくなり、坂野柚（さかのゆず）の「高校に入ったとたんバイト先のファミレスでゲットした大学生の彼氏大好き」アピールが強制的に耳にねじこまれ、ため息をつきたくなる。

うちの高校はスマホは持ってきてもいいが校内では使わないというルールなのに、堂々とスマホをとりだしてゲラゲラ笑いころげる坂野は、いわゆるスクールカーストの最上位グループ。

髪を校則違反の茶色に染め、ぎりぎりまで短くしたスカートにくるぶし丈（たけ）のソックス。学校に行くのになんでそんな濃い化粧（けしょう）をほどこす必要があるのかとつっこみたくなる顔をしている。

坂野たちの横を通りすぎ、窓ぎわの一番うしろ、二学期に入ってすぐの席がえで大当たりをひいたお気に入りの席に腰かけ、文庫本を広げる。

愛読書の芥川龍之介（あくたがわりゅうのすけ）作「侏儒（しゅじゅ）の言葉」をめくりながら、唯一の趣味である人間観察をはじめる。

坂野たちはここが教室であることも忘れたかのような恋バナにあけくれ、坂野たちより少しおとなしい中間派の女子グループは芸能人のスキャンダルの話、オタク系のグループはアニメの話でもりあがっている。

男子たちも、行事のたびにクラスの中心になりたがるはっちゃけグループはお笑い芸人のまねをしておどけ、部活に所属している体育会系のグループはどうすると筋肉がつくかというクソどうでもいい話を熱心にしていて、勉強ができることしか取り柄のない成績上位のグループは真剣に教科書をめくり頭をつき合わせている。

とりあえずみんな楽しそうだ。

みんな馬鹿だけど。

俺はこのクラスにひとりも友達がいない。

入学式の日、ＩＤ交換しないかと声をかけてきた坂野たちに「俺スマホ持ってないから」と冷たいウソをついて追いはらって以来、三倉雅時(みくらまさとき)は「ちょっと顔がいいからって調子乗ってる感じ悪いやつ」ということになっているらしい。

「浮気とかマジ最悪だよねー」

テニス部で汗をながし年中まっくろに日焼けしている前園奈津(まえぞのなつ)の声だ。

中間派女子グループは俺の前に陣取っているため、いやでも話し声が丸聞こえになる。

「ほんと。りゅーちゃん、いい人なのに！　マジかわいそう」

おだんご頭が目印の金原清乃(かねはらきよの)が言う。

彼女たちが話しているのは今朝のワイドショーで報じられた芸能人のスキャンダルだ。なんでも「りゅーちゃん」とつき合っていた某人気女性アーティストが演技派の若手イケメン俳優と食事しているところを週刊誌に撮られたらしい。

どちらもべつに結婚しているわけではないんだから好きにさせておけばいいのにと俺は思うが、芸能人は大変だ。

「曲はいいの作るのにね。りゅーちゃんじゃなくてあんなやつのこと歌ってたのかと思うと、もう聴く気なくすわ」

石澤藍もこの件に関しては世間一般と同意見らしい。

成績はトップクラスで美術部に入っている石澤は、将来は美大を目指しているとかいないとか。

「ほんと最低だよねー。陽斗美もそう思うでしょ？」

前園に問われ、北原陽斗美がきょとんとした顔をする。

「え？　わたしは、好きになっちゃったんならしょうがないと思うけど。浮気でもなんでも、真剣に恋している人は、わたしは応援するよ」

前園、金原、石澤、全員が言葉をうしなう。

馬鹿なやつだな、と中学生みたいな童顔を見つめながらあきれてしまう。

壊滅的に空気が読めなくて、思ったことをあっけらかんと口にする。
絶対、人生損するタイプだ。

四時間目の体育の授業はサッカーで、キーパーをやっていた俺はサッカー部の容赦(ようしゃ)ないシュートを顔で受けてしまうという大失態をやらかした。

さすがに蹴(け)ったやつは謝ってきたが、ほかの男子たちは遠巻きに俺をあざ笑っているので、顔の傷を手当てしてもらうよう保健室に行けと体育教師に言われた俺は、グラウンドを去る前にそいつらをひと睨みしてやった。

教室では空気と化してひたすら本を読み、ちょっと失敗すれば嘲(あざけ)られる。

俺はそういう存在で、べつにそれを不満に思ってはいない。

ほかの男子たちのように女の口説(くど)き方について熱く語ったり、ダサいと評判の制服をどうカッコよく着こなすか試行錯誤(しこうさくご)したり、そんなこと、考えるだけで吐き気がする。

「顔でボール受けるなんて、ずいぶん根性あるのね。それならこのくらいの薬、大丈夫でしょう」

四十代後半くらいの養護教諭は、俺の頬(ほお)にびんびん刺激をあたえる強烈な消毒液をたっぷり塗りこみ、でかい絆創膏(ばんそうこう)をはってくれた。

デスクの上の鏡で顔を確認すると、絆創膏つきのまぬけ面が恨めしそうにこっちを見ていた。

「もうあと十分で体育終わっちゃうから、ここで休んでていいわよ」

そう言って養護教諭は職員室に用事があると保健室を出ていった。

ひとりきりの保健室は消毒液の香りと、本棚にたっぷりつめられた書物の香りと、学校独特の思春期のエネルギーから放たれてる香りに満ちていた。

キンモクセイに似たあの香りがここにないことに、心底安堵していた。

んぅー、とおさえた呻きがカーテンのむこうから聞こえてきた。

それで俺はカーテンが閉じられていること、そのむこうでだれかが寝ていること、ひとりきりだと思っていた保健室がひとりきりではなかったことを同時に理解した。

呻きは一度ならず、二度も三度も聞こえてくる。女子の声だ。

必死で苦痛にたえているような声だった。

「大丈夫か？」

無視しようと思ったがあまりにも呻き声が続くので、気がつくとそう言っていた。

声の主は驚いたらしく、返事がくるまでにしばしの間があったが、すぐに今にもとぎれそうな細い声で答えた。

「あんまり、大丈夫じゃ、ない」

その声で彼女が今朝、俺をあきれさせた北原だと認識した。

北原の声は舌ったらずで特徴があるので、すぐにわかる。

「先生、呼んできたほうがいいか?」

「ううん、いい。そこにいるの、三倉くんだよね?」

「そうだけど」

声だけで北原が俺の名前を当てたことに、少しびっくりしていた。

教室でめったに言葉を発することのない俺の声をよく覚えていたものだ。

「水、持ってきてくれる?　薬あるから。飲みたいの」

「……いいけど」

はっきり言ってかなり迷惑な申し出だったが、自分から声をかけてしまった以上放っておくわけにもいかない。

白いカーテンをめくると、体操着姿の北原がつらそうに背中を丸めていた。

本当に苦しいのか、冷房のきいた保健室なのに額に汗がうかんでいる。

ほんのり上気した頰と、苦しみに歪んだ瞳が色っぽく、いやでも北原を女子だと意識してしまう。

に北原が言う。

「水、お願い」

カーテンをめくったまま、恐れおののくように佇んでいた俺に、もう一度懇願するよう

その苦痛に歪んだ顔がきれいで、思わず首を縦にふっていた。

デスクの上においてあった養護教諭のコーヒーカップを勝手に拝借し、水飲み場から水をくんできて北原にさしだした。

北原はしんどそうに身体を起こし、ポーチからとりだした薬を二錠、一気に飲んだ。

「ありがとう。これで少し、ましになるはず」

なんて、にっこり笑うので、俺もつられて苦笑してしまった。

さっき北原をかわいいと思ってしまったことは、絶対さとられたくないと思った。

「どこか痛いのか？」

「うん……お腹、痛くって」

そうなんだ、と返した声が蚊が鳴くようになってしまった。

北原はもう大丈夫、と小さな声で言ってベッドにもぐった。

「三倉くんって、いい人なんだね。前から、悪い人じゃないって知ってたけど」

北原がころんと身体のむきをかえ、俺を見上げて言う。

高校一年生にしては幼い顔が幸福そうに微笑んでいる。

「なんでだよ。俺なんて、ただのクラスの嫌われ者じゃん」

「たしかに、三倉くんは人をさけてるよね。でも、それって理由があってしてることなんじゃないの？」

図星だったから言葉につまった。

北原は天然っぽいくせして、案外ものすごい洞察力の持ち主なのかもしれない。

「べつに理由なんかねぇよ」

そこでタイミングよくチャイムが鳴った。

俺は不思議そうな顔をしている北原をベッドに残して、「おだいじに」と俺にしては最大限にやさしく、そしていちばん無難な言葉をかけ、その場をあとにした。


新宿や渋谷に出るには電車で一時間。

電車の窓から見える風景は駅前をすぎると、みごとな田園風景ばかり。

都会というには素朴すぎて、田舎というには東京に近すぎる、中途半端な街。

それが俺の地元。

電車をおり、改札をくぐりぬけて歩きだしてまもなく、背中にだれかの視線を感じた。

ふりむくと、北原がいる。

北原が同じ駅を使っているのは高校に通いだしてまもなく知ったが、家は駅の反対側のはずで小学校も中学校もべつだった。

なのにこちら方面に歩いてくるなんて、何か用事でもあるのか。

駅前の県道からそれ、大ケヤキの横を通りぬけ、運動公園に近づいてもまだ、北原は俺のうしろにいた。ふりかえるとさっと電柱にかくれる。

あいつ、何を考えて俺のあとをつけているのか。

探偵にでもなってる気分なのか。

仮に探偵だとしたら話にならない。

尾行、バレバレなんだから。

注意するのも馬鹿馬鹿しく、そのまま家を目指していると、そのまま北原はついてきた。

北原のローファーが立てるこつんこつんという足音が規則正しく俺を追いかけてくる。

彼女はいったい何を考えているのやら。まさか今日の保健室の一件で、もう俺たち仲良くなったとでも思っているのか?

「すいません。鶴ケ丘(つるがおか)大学は、どっちかねぇ」

おばあさんの声がしてふりむくと、北原は通りすがりのおばあさんに道を聞かれておろおろしていた。

どうやらこのあたりの土地勘はまるでなく、とんちんかんなことを言ってはおばあさんを困らせている。

北原に道を聞いたおばあさんも、道を聞かれた北原も不憫である。

これ幸いとばかりにさっさとその場を立ち去ろうとして、足をとめる。

やれやれ。ため息がでた。

北原が困るのはべつにいいが、めちゃくちゃな場所に案内されてしまうおばあさんのことを思うと、助けてやらざるをえなかった。

「あの。鶴ヶ丘大学に行きたいんだったら、まずは県道に出てください」

とつぜんの俺の登場に北原とおばあさんは一瞬きょとんとしていた。

すらりすらりと道を説明し、カバンからノートを取りだして地図まで書いてわたしてやった。

おばあさんは俺に何度も頭をさげ、今日ジャズ研究会に所属している孫がキャンパス内で発表会をやるから見に行くのだというどうでもいい話を俺と北原に自慢げに聞かせ、しつこくお礼を言って去っていった。

おばあさんがぶじ鶴ヶ丘大学への道順を理解したことを北原は心からよろこび、思いきり曲がった小さな背中に手をふっていた。

「おばあちゃん、よかったね。三倉くん、ありがとう」

「おまえ、なんのつもりだ」

「え」

しらばっくれやがって、と思ったが、ぽかんと口をあけた北原の間抜け面（づら）は本気で俺がなんで怒っているのかわからないらしい。

もしや、あとをつけられているなんてのは勘違いで本当は北原はただ、たまたまこっち方面に用があっただけなんじゃないかという考えが頭をかすめた。

でも、それなら俺がふりかえったとたん、電柱にかくれるわけがない。

「え、じゃねぇよ。なんで俺のことつけてくるんだよ」

「つけるなんて。そんなことしてないよ」

うしろめたそうに目を逸（そ）らす。ウソがわかりやすい。

「じゃあなんでここにいるんだよ」

「え」

「知ってんだよ。おまえん家、駅の反対側だろ。朝電車に乗るときおまえ見るもん」

「そう、そうなの！　よく知ってるねー三倉くん。最寄（もよ）り駅は一緒だけど家は三倉くんと反対方向なの」

「そんなことはどうでもいいんだよマジで。なんで俺のあとつけてきたのかって聞いてんだよ」

困った北原はおろおろと目を泳がせる。

下手くそな尾行するなら、バレたときの言い訳ぐらい先に考えておけ。

「だから、三倉くんのあとなんてつけてないってば」

「ウソつけ！」

「ウソなんかじゃないもん！　今からね、そう、友達！　友達の家、この近くなの！　その子の家に遊びに行くの」

ようやく立派な言い訳を思いついて、北原は心なしか得意げだ。

童顔の真ん中で小さな鼻が心持ち高くなったような気さえする。

「その友達の名前は」

「え」

俺がつっこんだとたん、その得意げな顔がくずれた。

「いつの友達だ」

「いつのって……」

「中学校？　小学校？　それとも幼稚園？」

「そ、それは……」

「そんなわけないよな。同じ駅だけど反対方向だから小学校も中学校も俺と別々だった。幼稚園だってたぶんべつの幼稚園だろ。市がちがう。このへんに住んでるはずがない」

さっきまで鼻高々だった北原は、今は泣きそうになっていた。

「ち、ちがうの。これはその、なんていうか……」

「じゃあなんで俺のあとつけるんだよ。ストーカーだろ」

「ちがう！　なんであとつけたらストーカーになるの⁉」

「それがストーカーだからだよ！」

話にならない。

相手が馬鹿だと、俺のしゃべりまでレベルが低くなってしまうのは悲しいかぎり。

「ちがうの。ほんとにちがうの、わたしは、わたしはただ……」

北原が今にも涙をぽろぽろこぼしそうに声をふるわせた。

日中、保健室で一瞬でも北原に女を感じてしまったことが今はただただ腹立たしい。

こんな女と関わり合いになるくらいなら、仏心を出すべきじゃなかった。

「わたしはただ、三倉くんがどんな家に住んでるのか知りたくって」

「それをストーカーって言うんだよ！」

「なんで？　三倉くんがどんな家に住んでるか、知っちゃいけないの？」

「いいわけないだろ。俺なんかに興味持つな」

「どうして」

「どうしてって……」

俺と関わると死ぬからだ、なんてことは言えない。

はたから見たら中二病のイタい妄想だと鼻で笑われるだろう。

北原は笑わないだろうが。

えっ、ウソ、そうなの⁉　と素直に信じてビビりそうだが。

だったら直球で「俺に関わったやつは死ぬ」と言ってやってもよかったのだが、さすがにそれはしない。

「あのねーあのねー昨日知ったんだけど、三倉くんってじつは死神なんだって！」なんて、明日前園たちにベラベラしゃべりまくっている姿が目に見えるからだ。

「俺は、クラスで嫌われてる」

何度も自分の中で噛(か)みしめた事実でとうに味もしなくなっていたのに、舌の上に苦みが広がる感じがした。

「俺なんかと関わったら、おまえも嫌われるぞ」

「三倉くん……」

べつにこいつがネクラの三倉雅時につきまとっている変なやつだと思われようが、前園たちにあきれられようが、坂野たちから嘲笑（ちょうしょう）されようがどうでもいい。

なのに、そのとき自分の言葉に本物の感情が混ざっている気がした。

秋の気配をふくんだ涼やかな風がふたりの間を通りぬけていって、民家の垣根からつきでたカラタチの木をゆらす。

「あ、幼虫さん、落ちちゃったー」

まじめな話の途中なのに、北原は「あ、ビー玉落ちてるー」と地面を指さす子どものようにカラタチの木の下に走っていくので、気がぬけてしまった。

「おい、話そらすなよ！」

「だって、幼虫さんが」

「幼虫さんがって。おまえ、何やってんだよ」

北原が地面にかがんで、アスファルトに落ちた木の葉（こは）を使い、何かやっていた。

目が真剣だ。

「マジで何やってんだ、おまえ」

「この子が木から落ちちゃったから、もどしてあげたくて」

北原の手もとは木の葉と、木の葉に転がされた小さな黄緑色のアゲハ蝶(ちょう)の幼虫の身体(からだ)があった。

目みたいだけど目玉の形をしただけのただの模様が、こっちを見た気がした。

「わたし、こういうの触れないけど、なんとかもどしてあげたいんだよね。せっかくここまで大きくなったんだもん。あとはサナギになって、立派な蝶になるだけじゃない？」

「……そいつ、ツノ出してるぞツノ」

「きゃーくさいっ」

威嚇(いかく)をしめす黄色いツノがとびだし、アゲハ蝶の幼虫独特のツンと鼻孔(びこう)を刺激する匂いに俺と北原は圧倒された。

ダメだもう。埒(らち)があかない。

「かせよ」

え、と北原が小さい声をだした。

木の葉なんかでやってるからそんなことになる。

直接触れば、こんなのどうってことない。

小学校のときは平気で触れたのに高校生になった今は若干(じゃっかん)抵抗があったが、親指と人さし指でそっとつまんだ幼虫の身体は小さくて軽くて、それでも生命ある証拠にほんのりとあたたかかった。

カラタチの木の、幼虫が好んで食べそうな若い葉っぱのあたり、でももう落ちることはないよう、なるべく奥にもどしてやった。

「三倉くん、すごい」

「これぐらい平気だよ」

「幼虫さん、三倉くんにありがとうって言ってるよ」

北原の笑顔が眩しすぎて、目をふさぐかわりに意地悪を言ってやりたくなった。

「そいつ、寄生バチにおかされてるかもしれないぞ」

「寄生バチ？」

「アゲハ蝶の幼虫に卵を産みつける蜂だよ。幼虫がサナギになるとその中で孵化して、幼虫の身体を食べて大人になる」

北原が言葉につまった。

もう一度、夏と秋の境目の風が吹いて北原の長い髪をゆらした。

「小学校のとき、理科の授業で、みんなで蝶の幼虫を飼ってた。そのうちの半分が寄生バチに食われた。サナギになったとたん、中からウジが出てくるんだ。泣いたやつもいる」

北原は何も言わない。

かたい顔でじっと、俺を見つめている。

「今助けたこいつだって、そうなるかもしれない。寄生バチは大丈夫でも、鳥のエサになるかもしれない。もしかしたら、この家の主に殺虫剤をまかれるかもしれない。俺たちのやったことに、意味なんてないんだよ」

「そうかもね」

ようやく北原が言葉を発した。

透明な笑顔が、目の前にあった。

「意味なんて、ないかもね」

今助けたばかりの幼虫を、北原がじっと見つめる。

丸い二つの二重(ふたえ)の目が、輝いている。

「でも、寄生バチにおかされてるかどうかなんて、わからないじゃない？　鳥に食べられちゃうかなんて、わからないじゃない？　殺虫剤をまかれるかなんて、わからないじゃない？」

北原は幼虫を見たまま言った。

「ひょっとしたらこの子だって、ちゃんと立派なアゲハ蝶になれるかもしれない。もしそうじゃなくても、意味なんてなくても、いいの。わたしが助けたいから、助けるんだよ。それじゃ、ダメかなぁ？」

北原の目が幼虫から俺にうつった。

黒目がちの瞳に、すいこまれるような気がした。

その瞬間、あの香りがした。

キンモクセイに似てるけど、キンモクセイじゃない。

バニラとチョコレートとハチミツと、あとなんだかわからないけれど、とにかく甘いものをいろいろちょっとずつ混ぜたような、あの香り。

反射的にあたりをぐるりと見わたしていた。

民家の駐車場で首輪をした猫が寝そべっているだけで、人の姿はない。

ここには、俺と北原しかいない。

つまり、死の香りを放っているのは北原だ。

「三倉くん、どうしたの？」

北原が聞いた。

俺は、ふるえていた。

2　力と非力

ばあちゃんは、俺にやさしかった。

姉からいじめられて泣いている俺をかばってくれたし、悪いことをしたときは、一緒に母親にあやまってくれた。

ふたりで手をつないで、大ケヤキのあたりをよく散歩した。

病気になったせいで長年慣れ親しんだ家を手放し、息子とはいえその嫁もいる家族と同居するのは気苦労もあったはずだと今ではわかるけれど、そんな様子はみじんも見せなかった。

よくある嫁姑戦争なんていうのも、俺の家にはまったくなかった。

母親はばあちゃんを尊敬し、ばあちゃんは母親を自分の娘と同じように大事にしていた。

理想的な家族だった。理想的なばあちゃんだった。

癌が進行して入退院をくりかえし、最後は家で看取るため寝たきり状態になって、しばらくして俺は初めてその香りを嗅ぎとった。

キンモクセイに似てるけれど、キンモクセイとはちがう。

めちゃくちゃ甘くて、どこか不気味なあやしいその香り。

「なんで甘い匂いがするの？」

小さい俺は何度も母親に、父親に、姉に問いかけた。

みんな揃（そろ）ってそんな匂いはしていない、気のせいだ、姉なんてこの子はとんでもないウソつきだなんて言いだす始末で、俺はすっかり落ちこんでしまった。

自分の言っていることをだれにも信じてもらえないのが、悲しかった。

泣きたくなったときには、ばあちゃんのところへ行く。

そのころ俺はいつもそうしていたから、そのときもそうした。

家の中でずっとしていた香りは、ばあちゃんの部屋にくるといっそう濃くなる。

幼心（おさなごころ）にも、俺はさとった。

ばあちゃんから、この匂いはしているんだと。

「ばあちゃん、なんで、甘い匂いがするの？」

そう言うとばあちゃんは目をぱちくりさせ、やせ細った身体（からだ）を起こして、俺を覗（のぞ）きこんだ。

たったそれだけの動きでも大変だったろうに、ほとんど最後の力をふりしぼるようにして、ばあちゃんは俺を抱きよせた。

「雅時（まさとき）、ほんとに匂いがするのかい」

「ほんとだよ」

「どんな匂いなんだい」

「秋に咲く、黄色い花のにおい」

その花がキンモクセイだと知ったのは、もう少しあとのことだ。

ばあちゃんはこくんこくんと二回頷（うなず）いたあと、神妙な顔で言った。

長い闘病生活のせいで、六十八歳にしてはかなり老けていた。

「死んだおじいさんもね、雅時と同じ力を持ってた」

「どんな力？」

「その人が死ぬ一週間前から、甘い香りがするんだって」

ばあちゃんはじいちゃんを抱きしめるように、俺を抱きしめた。

だいぶ前に遠くへ行ってしまったじいちゃんが、たしかに俺の中にいた。

「いいかい、雅時。このことは絶対、他の人に言っちゃダメだよ」

「どうして？」

「どうしても、だよ。雅時にもそのうち、わかる日がくるからね」

それからぴったり一週間後に、ばあちゃんは最期を迎えた。

朝食を持っていった母親が、眠るように死んでいたばあちゃんを見つけた。

六十八歳という年齢は、死ぬには少し早すぎる。

葬儀の日、涙する親戚や母親や父親や姉を見て、俺だけが泣けずにいた。

あんなに大好きだったばあちゃんが死んだというのに、泣けなかった。

大好きなばあちゃんが死んだという事実よりも、ただただ恐ろしかった。

だって、死体になってしまったばあちゃんからは、もうあの匂いはしなかったから。

ばあちゃんの言っていることは本当で、俺は知ってはいけないことを知ってしまう人間なのだと、五歳の頭でもそれぐらいは理解できた。

決して賢い子供ではないけれど、大人が思うほど子供でもなかった。

それでも、子供は子供で、幼い頭ではショックな出来事もいつまでも生傷のままでいるわけじゃない。

時とともに俺はばあちゃんが死んだ事実に慣れ、自分の異質性に慣れた。

幼稚園、小学校と、平和な時代がつづいた。

千歌に出会うまでは。

千歌は小学校の一年生と二年生が同じクラスだった。

顔が抜群にかわいくて、男子よりもかけっこが速くて、国語の時間の音読がうまくて、でも算数はちょっと苦手で、何より活発で明るくて気持ちのやさしい子だった。

おとなしくてクラスでも目立たないタイプだった俺とはまるで接点がなかったけれど、当然のようにその子に憧れた。

今思えば、俺の初恋は千歌だったんだろう。

「雅時くん、ピアノ、うまいんだね。あたしも習おうかなぁ」

となりの席になった日、千歌からそう話しかけられて俺は浮かれてしまった。

クラスでいちばんかわいい女子がすぐとなりにいるというだけで、胸が高鳴った。

千歌は教科書を忘れれば見せてくれたし、消しゴムも貸してくれたし、それはだれにでもすることだったんだろうけれど、俺からしたらすべてが特別だった。

付き合いたい、なんてさすがに小学二年生では思わない。

でも、将来千歌と結婚できたらいいな。

そんなかわいらしいことを思いついたその日、千歌から死の香りがした。

信じたくなかった。

ばあちゃんの言ってることは間違いで、こんなのは錯覚だと何度も自分に言い聞かせた。

そのときも俺はキッチンの日めくりカレンダーを見てはカウントダウンをしていた。

あと六日、あと五日、あと四日、あと三日……。

千歌は、ばあちゃんとちがって病気じゃなかった。

百まで生きそうな健康優良児で、めったに学校を休むこともなかった。

だからもしかしたら間違いなのではないかと、思ったこともある。

でも千歌は七日目に死んだ。

俺の目の前で。

通学途中の小学生の列につっこんできたトラックに轢かれた。

血まみれになった好きな子の身体からはもう、あの香りはしなかった。

一週間学校を休み、ＰＴＳＤだと養護教諭に言われてカウンセラーのところに通った俺は、もとの無邪気な子どもではなくなっていた。

人を避けるように、人と関わらないように。

人と自分との間に壁を築くようになったのは、このころからだ。

世界に背をむけて耳さえふさいで何も見ないでいれば、鼻だって麻痺してくれるんじゃないかと思っていた。

すっかりネクラの烙印をおされ、クラスにひとりも友達らしい友達がいなくなった俺に話しかけてくれたのが、恭太だ。

心を閉ざしていた俺に、心を開くことを教えてくれた男。

ひとりぼっちだった俺に、友達のすばらしさを教えてくれた男。

恭太と一緒にいるときが、俺の黄金期だった。

「俺さ、雅時と一緒の中学行けない。ごめんな」

近くに有名な私立の中学がない田舎町で中学受験をする子はマイナーだから、彼らはまわりにそのことをかくす傾向がある。

恭太もほかの「受験組」と同じく、そのことを直接仲のいい俺に話すのは、そのときが初めてだった。

ふたり、公園の東屋にいた。

季節は秋の終わりで、夕陽はすでに沈んでいて、闇夜に金星が光っていた。

ぴかりぴかり、ふたりのかがやかしい未来の象徴のように。

「俺、将来宇宙飛行士になるんだ。だから私立の中学行って、一生懸命勉強する」

「すごいな」

それしか言えなかった幼い俺に、恭太はにやりと笑って、犬にするみたいにぽんぽんと頭をなでた。

恭太の背は俺よりも頭ひとつぶん、高かった。

「雅時は将来の夢、なんかある？」

「まだわからない」

「そっか。わかんねぇか」

けらけら、恭太が肩をゆらす。

十一月になっても半袖を着ている腕は、小学六年生らしく細っこかった。

「いつか大人になってさ、俺が宇宙飛行士になって、雅時が何かになって、そんときは一緒にお祝いの酒、飲もうぜ。たぶん、三十歳とかそれくらいになるだろうな。宇宙飛行士になるのって、結構大変だから」

ふたりとも、無邪気に二十年近く先のことを信じて、かたい指切りをした。

ふたりとも立派な大人になって、なりたいものになって、一緒に酒を飲む、そんな約束。

それは果たされることなく、恭太は中学受験の日の朝に死んだ。

急性心不全だった。

心臓に持病があるわけでもなく、健康そのもので、第一まだ小学六年生だ。

だれもが驚いて、だれもが悲しんだ。

ばあちゃんのときにも千歌のときにも流せなかった涙が、そのときは止まらなかった。

俺は恭太が死ぬことを知っていたから。

知っていて、怖くて、信じてもらえなかったらどうしようとか、変なやつだと思われて絶交されたらどうしようとか、そんなことばかり考えて、何もできなかったから。

それ以来、俺は本当に世界にむけて心の扉を閉ざし、厳重に鍵（かぎ）をかけた。

二度と死の香りなんて嗅（か）がないために。

3　現実と絶望

北原（きたはら）と登校時間がかぶらないよう、わざとギリギリに起きた。

母さんは案の定（あんじょう）「なんでもっと早起きしないの！　どうせゆうべ遅くまでスマホいじっていたんでしょう！」とネチネチ文句を言い、父さんは「まぁたまには大目に見てやりなさい」とそれをたしなめ、ふたりの間で俺は超高速でトーストとスクランブルエッグとヨーグルトの朝食をかきこんだ。

これを逃したら本気で遅刻、というギリギリの電車はいつもより人が多いが、幸いホームに北原の姿はなかった。

教室に入ると、さっそく北原がこっちを見ている。

遠くからチラチラ、ではなく、遠くからじいっと、なので見ていることがバレバレだ。

昨日まで平和だった教室は今日は例の香りがぷんぷんしていて、放課後の出来事が夢でも幻でもなかったんだと思い知らされる。

あのあと北原の前で大失態を演じてしまった。

北原から死の香りがしているとわかった瞬間、俺は身体中みっともなくふるえ、そのまま何も言わずにダッシュでその場を去ってしまったのだ。

走って走って走り疲れて、ようやく家の玄関までたどりついてふりかえると、北原はいなかった。

そのことに少しだけ安堵して、ここでは死の香りがしないことに心底絶望した。

間違いなく、あの香りの発生源は北原だ。

自分に特異な能力が備わってると自覚してから、極力人を避けて生きてきた。

人と関わらない。

本音を言わない。

友達を作らない。

でも昨日の俺は、自分に課した掟を自らやぶってしまった。

保健室で呻く北原と話をしなければ、おばあさんに道を聞かれた北原を助けてやらなければ、幼虫を助ける北原を手伝ってやらなければ、北原から忌々しいこの香りがすることはなかったのかもしれない。

いくら後悔しても遅い。

北原はあと一週間で死んでしまう。

いや、香りを感じたのは昨日なんだから、あと六日しかない。

どうすることもできないのに、どうすればいいのかと何度も自分に問いかけてしまう。

一時間目の英語も二時間目の数学もまったく頭に入ってこない。

意識は今ここになく、常に過去をさまよっている。

昨日、俺はどうするべきだったのかと。

後悔したところで時間は絶対巻きもどらないのに、堂々めぐりのように同じ場所をぐるぐるまわる。

「三倉くん」

二時間目の数学のあとは、三時間目の家庭科のためにクラス全員で教室移動だ。

ひとりで廊下を歩いていると北原が声をかけてくる。

無視しようとしたが、横からひょっこり顔を覗きこまれたらそれもできない。

「昨日、どうして逃げちゃったの？　結局、三倉くん家がどんなんだったか、わからなかった」

「そんなの知らなくていいよ」

できるかぎり冷たい声を出したつもりだが、北原は怯まない。

卵から生まれたとたん親を誤認識した雛のように、俺のあとを追いかけてくる。

「三倉くん、今日、朝駅で見なかった。いつも一緒の電車なのに。寝坊でもしたの？」

「おまえには関係ない」

「三倉くん、みんなにはスマホ持ってないって言ってるし、学校でも絶対使わないけど、ほんとは持ってるよね？　スマホ。ときどき、電車待つ間にホームで使ってるの、わたし、見てるんだよ？」

どうやらこいつのストーカーっぷりは昨日に始まったことではないらしい。とうの昔から俺は北原に目をつけられていて、今までそれに気づかなかったということか。

「そんなの見てんじゃねぇよ。おまえ、ほんとにストーカーだな」

「ストーカーじゃないよ。ね、スマホ持ってるなら、ＩＤ交換しよ？」

「いやだ」

「そんなそっけなく断らなくてもいいじゃん」

「いやだったらいやだ」

「交換するの！　絶対するのー！」

以上の馬鹿馬鹿しい会話をくり広げている最中も、俺の鼻は死の香りをしっかり嗅ぎとっている。

北原が近づいたため、教室の中よりも香りが強い。

俺の苦痛をどうか少しでも想像してほしいと思う。

「陽斗美、何やってんの」

鋭い声がしてふりかえると、小柄な石澤が頭ひとつぶん低いところから睨んでいた。北原ではなく、俺を。

クラス全員から嫌われているのは知っていたが、こうまであからさまに嫌悪感を示されるとさすがにグサリと胸に突き刺さるものがある。

「何って。三倉くんと話してただけだよ」

「そんなやつと何の話してたのよ」

「そんなやつって。藍ってば、三倉くんのことそこまで悪く言うことないじゃない」

北原は石澤がどうして不機嫌になっているのか本気でわからないらしく、いつもの無邪気な顔で笑っている。

石澤のほうは親友と俺が一緒にいるのが心底気に入らないようで、オリエンタルな雰囲気の切れ長の一重瞼がきっとつりあがっていた。

「いいからこっちきなよ」

石澤のうしろには怪訝な表情の前園と金原がいる。

女子の友達というものは、みんなこんなものなのか。

なんとしてでも俺と北原を一緒にさせたくないという目的に端を発し、みごとな連携ができている。

「いいでしょ。家庭科室につくまでの間だけ。ほんの一、二分だよ？」

「清乃と奈津も待ってるのに？」

「藍、おかしいよ。わたしが三倉くんといるのが、なんでそんなにいけないことなの？三倉くん、こう見えてもすっごくいい人なんだよ」

ね、と同意を求めるように俺を見つめるので、まっすぐな瞳に相槌を打つこともできずただ黙っていた。

すっごくいい人、なんて言われたことがないからどう反応していいのかわからなかった。

「三倉なんかが、いい人なわけないでしょう。陽斗美、何言ってんの？」

舞い上がりかけた心が次の瞬間、地に突き落とされる。

「そんなことしてたら、陽斗美まで変わったやつだって思われるよ」

「三倉くんは、そんな人じゃないよ」

「いいからこっちへきてよ」

石澤にぐいと腕をひっぱられ、それでようやく北原も折れたらしい。

ごめんね、と顔の横で小さく右手を動かして、申し訳なさそうに友達の輪の中にもどっていった。

昨日、自分で北原に言ったことだった。

俺は嫌われていると。俺と関わったら、おまえまで嫌われる、と。

でもそれがこんなに早い形で現実になるなんて、思わなかった。

距離を取ったおかげでほんの少しうすまった死の香りが、背後二メートルのところで漂っている。

家庭科室への道のりでも、家庭科室についてからも、ずっと考えていた。

北原はあと六日で死ぬ。

それが、なんだ。

俺には関係ないことじゃないか。

なのに、北原が死ぬのがいやだと思っている自分がいた。


今日の家庭科は調理実習。

献立(こんだて)は肉じゃがと味噌汁とほうれん草のおひたし。

あらかじめクラスで決めてあった、好きなもの同士組んだ四人グループで料理をする。

この好きなもの同士というのが俺は中学のころから大嫌いだ。

クラスに友達がいないと、こういうときに肩身のせまい思いをすることになる。

結局俺を入れてくれたのは、高崎のグループだった。

テストの度に常に学年トップテン入りをはたす男で、細い目を四角いメガネでかこんでいる。

高崎もその仲間ふたりも、クラスの中では比較的人畜無害なおとなしい連中だ。

「できたものはお昼にみんなで食べてもらいます。なるべく、おいしく作ってくださいね」

白髪まじりの家庭科女性教師はおだやかに言って、十にわかれたグループを見てまわっている。

高崎は友達に次はあれ、次はこれと的確な指示をだし、てきぱきと動いた。

勉強のできるやつは、人を使うのもうまいらしい。

「三倉くんはこれ、切って」

と人参をわたされ、ピーラーで皮をむく。

「痛っ」

平和な家庭科室に唐突に声がひびいた。

北原たちのテーブルだった。

じゃがいもの皮を果敢にもピーラーを使わず包丁でむいていたらしい北原の指から真っ赤な血が流れ、手首まで伝っていた。

「あらあら、北原さん、やっちゃったのね」

教師は冷静である。

あらあら、やっちゃったのね、って、まるで子どもがコップの中の牛乳でもこぼしたみたいな口ぶりだ。

俺の鼻の中で、死の香りが強くなる。

「えへへ。がんばってピーラー使わないでやってみようと思ったんだけど、やっぱ、ダメですね。わたし、下手くそ」

「そんなことないわよ、上手くむけてる。でも無理はしないでくださいね。ほら、ピーラー使って」

「おまえ今すぐ病院行け」

考える前に、口にしていた。

思いのほか大声になっていたらしく、教室じゅうの視線が俺に注がれる。

鼻孔の中の香りを認めたくなくて、俺は北原のもとへ走っていた。

「それ、感染症起こしたらどうするんだ」

「感染症って。おおげさだよ三倉くん。こんなの、あとで絆創膏でもはっとけば治るし」

「治んなかったらどうすんだよ‼」

声を強めると北原が大きな目をますます大きくした。

石澤たちも教師も呆気にとられている。

「そういう油断が危ないんだ、そこからばい菌が入って、大きな病気をひきおこすかもしれない」

「病気って……三倉くん、何言ってんの？　これくらいのケガでそんなことになるわけないじゃない」

「北原さん、ずいぶんやさしい彼氏がいるのね」

なんて、ニコニコ微笑む教師のおだやかな顔が憎い。

俺はべつにやさしくもなければ彼氏でもない。

ただ、北原に死んでほしくないだけなのだ。

「とにかく今すぐ行くからな！　保健室！」

「え、いいって。だからこんなの、あとで絆創膏……」

考える前に北原の手をにぎっていた。

びっくりして口をぱくぱくさせている北原をひっぱり、家庭科室を飛びだす。

背中にひゅうひゅう、坂野(さかの)たちの声が投げられる。

「わーマジ、あいつらデキてたの⁉」

「ありえないー！　陽斗美と三倉だって！」

「でもお似合いじゃねー⁉　なんか、絵になってたー！」

死の香りを放つ北原をひっぱり、耳を裂きそうな喧騒(けんそう)から逃れるように俺は一目散に保健室まで走った。

北原は口もきけないほど驚いているらしく、じっと俺に言われるがまま手をひかれていた。

「これくらいで感染症なんて、おおげさにもほどがあるわね。一応消毒しときますけれど、あなたのそのほっぺたの傷のほうがずっと重症よ」

養護教諭のひと言でようやく我にかえった俺のとなりで、バツが悪そうな北原が手当てを受けている。

死の香りは北原をひっぱっていたさっきよりも、うすまっていた。

どうやら香りはその人の身に危機がせまっているときに強くなり、危機が去ると弱まるらしい。

俺もまだ、この不思議な能力のすべてを把握(はあく)しているわけではないのだ。

「はい、手当て完了。授業にもどってね。それにしてもあなたたち、昨日もここに来てたわね。そんなに保健室が好きなの？」

「いや、べつに好きとかそんなんじゃ」

もごもごと答える俺に、養護教諭はカラカラと笑う。

「冗談よ、冗談。まぁ、あなたたちがとてもいいカップルだっていうのはよくわかったわ」

「断じてカップルなんかじゃありません」

俺は冷たく言ったつもりだが、まぁ彼氏ってば照れちゃって、と養護教諭は相手にしない。

まんざらでもなさそうな北原は頬(ほお)を赤くしながら微笑んでいる。

「三倉くん、ほんとおおげさ」

「わりぃ」

ふたりきりで家庭科室を目指し、三時間目の校舎を歩く。

保健室から家庭科室までは被服室や視聴覚室などの特別教室がならんでいて、授業の行われていない教室はひっそりと息を潜めていた。

ふたりが立てる上履(うわば)きの音が、大きい。

「でも、うれしかった」

「何が？」

「三倉くん、本気でわたしのこと心配してくれてたんでしょう。冗談とかじゃなくて、本気でケガから感染症起こすかもって、思ってたんでしょう。その気持ちが、うれしい」

色の白い顔がほんのりピンクに染まっていた。

完全に、わかってしまった。

北原は俺に好意を抱いている。

そして俺もまた北原に好意を抱いていると、信じている。

そんなわけじゃないのに。

ただ俺は北原が六日後に死ぬ運命を知っていて、それが受け入れられなくて、でも受け入れなきゃいけなくて、どうしようもなく苦しいだけなのに、本当のことはとても北原には言えない。

そんな話、信じてもらえるわけがないんだから。

「三倉くんって、昨日も朝も、素っ気なかったけれど。本当は、とてもわたしのこと、気にかけてくれてるよね」

「……なんだよそれ」

「そうじゃなきゃ普通、こんなことしないよ。みんなの前でいきなり手握って、保健室へ連れていくなんて」

「いや、それは。そんなんじゃないから。大切だとか、そういうことじゃないから」

無意識に鼻の頭をかいていた。これはウソをつくときの俺の癖(くせ)だ。

しかし、断じてこれはウソなんかではない。

俺は本当に、北原のことが大切でも特別でもない。

じゃあなんでこんな癖が出るんだと問われたら、答えようがない。

北原は俺の鼻の上の人さし指をじっと見つめながら、言った。

「ねぇ、三倉くん」

「なんだよ」

「本当のこと、言って」

もう家庭科室は目の前だ。北原が立ちどまったので、俺も立ちどまった。

中から肉じゃがと味噌汁とほうれん草のおひたしのいい匂(にお)いがして、わちゃわちゃと楽しそうな話し声とボウルやまな板や食器がふれあう音が聞こえてくる。

「本当のこと、言ってよ」

もう一度北原が言った。まっすぐ俺を見る瞳に、またすいこまれそうになる。

北原の目は大きくて黒くて、汚いものなんて映したことがないように澄んでいた。

「俺は……」

そのとき、俺は何を言うつもりだったんだろう。

自分には死の香りを嗅ぎとる特殊能力が備わっていて、おまえからその香りがするからと、本当のことを言おうとしていたんだろうか。

それともまた、べつのことを言おうとしていたんだろうか。

言いかけて、言葉が見つからないまま口をつぐんだとき、家庭科室の扉がいきおいよく開いた。

「もー陽斗美ってば、おそっ！　いつまで保健室行ってんのよー！」

前園の元気のいい声が俺と北原の間に流れていた、あわいピンク色の空気を追いはらってしまう。

北原は友達の顔を見てちょっと残念そうな、でもホッとしたような、曖昧な表情をうかべた。

「えへへ。絆創膏、巻かれちゃった」

「わっ、痛そー」

「今も痛いの？」

前園のとなりから、金原が若干（じゃっかん）心配そうに北原の絆創膏つきの手を覗（のぞ）きこむ。

北原は本当に、友達に恵まれている。

こんなケガ程度で本気で心配してもらえるのだ。

「今は、大丈夫。保健室の先生、あきれてた。こんなケガくらいで大騒ぎしてって」

「そりゃそうだよー。三倉くん、病院行くなんて言いだすんだもん。びっくりしちゃった」

そう言った前園がさぐるように俺を見る。

家庭科室から石澤がちょこんと小さな身体（からだ）で飛びだしてきて、敵意をめいっぱいこめた視線で俺に無言の攻撃をしかける。

「三倉くん、おおげさ。これくらいで感染症なんて起こるわけないじゃん」

「ほんとだよ。男子ってほんと、料理しないんだね。これくらいのケガ、料理してたらしょっちゅうあるもんだよ？」

前園と金原が口々に言い、返答に困っていると、石澤が凍るような声をだした。

「おおげさすぎて迷惑なのよ。柚（ゆず）たちはあのあとワーワー騒いでたし、こんなの陽斗美がかわいそう。陽斗美にあやまって」

「……わりぃ」

あまりの迫力につい素直にあやまってしまう。

しかし言い方が気に入らなかったらしく、石澤がもっと冷たい声をだした。

「そんなんじゃなくて、心からあやまって。あなた、本気で陽斗美に悪いって思ってないでしょう」

「いや、本当に悪いことした。ごめんな、北原」

北原はおろおろと石澤を見て、それから俺を見て、ぶんぶん首をふった。

「ううん、三倉くんがわたしを思ってしてくれたもん。あやまることないよ。うれしいよ、わたし」

そう言って咲き初め（そ）の花のように微笑（ほほえ）む北原の腕をひっつかんで、石澤は家庭科室へ消えていった。

前園と金原も気まずそうに俺を見て、ふたりにつづいた。

気が抜けてしまった俺はたっぷり三十秒ほど、その場に佇（たたず）んでいた。

4　秘密と告白

その日の昼休みは、さんざんだった。

「陽斗美といったいどういう関係なの？」

「いつから付き合ってるの？」

「どっちから告ったの？」

高校入学以来、いっさい関わってこなかったクラスの連中からこれでもかと言わんばかりに話しかけられる。

おとなしい高崎ですら、「三倉くんと北原さんっていつの間にそういうことになってたの？」なんて、抑えた声で聞いてくる始末だ。

石澤があそこまで怒るのも、無理はない。

芸能人のスキャンダルをおかずにキャーキャーワーワー蜂の巣を突っついたかのごとく盛りあがれる高校生たちにとって、身近で起こるスキャンダルはそれ以上の大好物なのだ。

それぐらいわかっていたはずなのに、なんで俺はあのとき冷静になれなかったんだろう。

理性さえ吹き飛ばせてしまうほど強力な自分の能力が、心底腹立たしい。

少しはなれた席にいる北原から、俺は視線を剝がせなかった。

それは北原を好きとか大切だからとかではなく、北原が六日後に死ぬという事実を受け入れられないからだ。

俺の能力は、すべての「一週間後に死ぬ人」に発動されるわけではない。

これまで三人、死の香りを放って亡くなっていったすべての人は、みんな俺と親しい人だった。

要は、俺は死神みたいなものなのだ。

疫病神や貧乏神と同じく、人間から嫌われる種類の存在。

人の形をしているのに、普通の人間とは決定的にちがう。

普通の人間になりたいといくら願ったところで、能力は消えてはくれない。

妖精の力で人間になれたピノキオのようにはいかないのだ。

ときどき思うことがある。

俺は人が死ぬ香りを嗅ぎ取れるわけではなく、俺と関わった人間が、死の香りを放つのではないかと。

今、北原から死の香りがしているのだって、俺のせいなのかもしれない。

そう考えたらやはり、北原を放ってはおけない。

悩んで悩んで悩んで、考えて考えて考えた結果、俺は自分から北原に話しかけてみることにした。

掃除の時間、北原がひとりで教室のすみを掃いているときを狙った。

「あのさ、北原、ちょっと」

人に話しかけることに慣れてないせいで、ちょっと声が上ずってしまった。

ぼうっとほうきを動かしていた北原は、驚いて俺を見た。

「三倉くん、どうしたの？」

「あのさ、じつは」

「調理実習のことならもう、あやまらなくていいからね？　藍はあれからずっと怒ってたけど、わたし、なんとか説得したの。三倉くんは本当にわたしを大切に思ってくれて、あんなことしてくれたんだもん。柚たちに冷やかされることくらい、なんでもないよ」

純真無垢という言葉はこの笑顔のためにあるんじゃないだろうか。

そんな顔で、北原は微笑む。

北原は、本当に俺が北原に気があると信じこんでいるようで、その事実と反することを言うのは正直、少しつらい。

北原のことなんてどうでもいいはずなのに、多少傷つけたくらいなんでもないはずなのに、どうして俺の中で説明のつかない感情がぐじゃぐじゃ蠢いているんだろう。

「そのことじゃ、ないんだ」

「え？　何？」

「おまえ、『マリーアントワネット』って知ってるか？」

俺の最寄り駅のとなりである夕日が丘駅の北口からおりて約五分のところに、そのカフェはある。

女子がよろこびそうな店といったら、それぐらいしか思いつかない。

「知ってるよー、有名だもん！　雑誌とかにも紹介されてるカフェでしょ？　行ったことはないんだけど」

「今日の放課後、そこでお茶しないか」

北原の手のひらがパーになり、ほうきがさりと音を立てて床に落ちた。

北原の口は手のひらと同様、ぽっかり開いていた。

「……ほうき」

とりあえずそう言うと我にかえった北原があわあわとほうきを拾いあげる。

少し遠くから、坂野たちのねちっこい視線を感じる。

ウワサのふたりがしゃべっているだけで、坂野たちにとっては大ニュースらしい。

「え、あ、ごめん。言われてること、あんまりよくわからなくって」

ほうきを拾いあげた北原の顔はピンクを通りこして真っ赤だった。

目は俺を見ていいものか悪いものか、困ったように視線を彷徨(さまよ)わせている。

予想通りだ。完全に誤解している。

「だから、今日の放課後、俺と『マリーアントワネット』に行ってほしいんだ」

「どうして？　なんのため？」

「話あるから」

ふたりの間に濃厚な沈黙が広がる。

遠くで、中学生気分の抜けてない高校生たちが馬鹿騒ぎする声が聞こえる。

「あそこならうちの学校の連中、来ないだろ？　お茶代は俺が出すから。だれにも聞かれたくない話だし」

「……わかった」

ほうきを握りしめて北原は小さく頷(うなず)いた。相変わらず真っ赤な顔。

これは断じて告白なんかじゃねぇからな。勘違いするなよ。

そう言ってしまえば楽なんだろうが、そんなこと言ってしまったら北原は放課後、来てくれないだろう。

「陽斗美ー、何やってんの？」

金原(かねはら)が北原を呼んだ。

となりには前園(まえぞの)のちょっと訝(いぶか)しそうな、さらにそのとなりには今にも俺に噛(か)みつきそうな石澤の視線。

「今行くー！」

北原はそう言うとじゃあ放課後、またね、と早口でつけたして、笑顔を残してスカートをひるがえし友達のもとへかけていった。


火曜日の午後のマリーアントワネットはみごとに女性だらけだった。

保育園ぐらいの子どもを連れたママ友のグループ。

おしゃれカフェめぐりを趣味にしているらしい女子大生風のふたり組。

ライターなのか、ノートパソコンと睨(にら)めっこしているメガネ姿の三十代ぐらいの女性もいる。

でも、制服姿は俺と北原だけだ。

いくら高校の多い地域だからって、こんなところで放課後にお茶するほど裕福な高校生は少数派なのだ。

七百円のカモミールティーと六百円のブレンドコーヒーを間に、むかい合う俺と北原の間で無言がつづいた。

女の子とカフェで二人きり、というシチュエーションにみっともなく緊張してしまう。

「それ、おいしいか？」

「うん、おいしい。わたし、カモミールって好きなの。でも、ティーバッグで入れたやつと全然ちがうね、これ」

「そりゃ七百円もするからな」

「おすすめメニュー」の季節限定さつまいもパンケーキやマロンたっぷりパフェに目を輝かせる北原に好きなもの頼めよと言ってやりたかったのだが、何せ月五千円の小遣いではきつい。

こんなことなら夏休みの間、バイトくらいしておくべきだった。

「三倉くんのコーヒーも、おいしい？」

「おいしいよ。コンビニの百円のやつとは全然ちがう。ちゃんと豆の味」

「へぇー」

目を細めて笑う北原の背後から、三人分の露骨な視線をびんびん、感じる。

駅で待ち合わせして歩きだしてから、尾行されているのはずっと知っていた。

北原の尾行と同じく、石澤と前園と金原の尾行もひどくお粗末なものだった。

高校に入って半年弱、まったく自分たちに興味のないふりを装(よそお)っていた（実際さして興味なんかない）男がいきなり北原に急接近。

平穏な女子高生ライフを送っていた石澤たちからしたら大事件だ。

「となりのアップルパイ、おいしそー。ただのアップルパイじゃないよ。なんかクリームとかのってるー」

金のない俺に対して嫌みを言ってるわけではないらしく、心からとなりのテーブルのアップルパイが羨(うらや)ましそうに北原は言う。

北原は友達から尾行されているのに気づいているのか？　いないのか？　それとも尾行は容認ってことなのか？

「石澤たちって、すごい友達思いなんだな」

さぐるために、俺は言う。北原はうん、と首を大きく縦にふる。

「みんなね、わたしに彼氏ができそうになるたびに大騒ぎするの。奈津(なつ)も清乃(きよの)も付き合ってる人いるくせに、わたしに関してはいろいろうるさいんだ。陽斗美は人一倍だまされやすいんだから、告白されても簡単にオーケーしちゃダメなんだって」

その気持ちはすごく、わかる気がする。

前園と金原に彼氏がいるのは初情報で、少し衝撃だが。

「高校に入ってすぐ、高崎くんから告白されたの」

さらに衝撃的な事実に、飲んでいるブレンドコーヒーが変なところに入りそうになった。

高崎って、今日俺が調理実習で一緒に組んだあの高崎だ、彼以外考えられない。

「なんで付き合わなかったんだ？」

「藍が、ダメだって言うの。高崎くんは一見やさしいし頭もいいけど、あれでけっこうメンタル弱いって。やさしいだけで頼りない男と付き合うと、大変だよって」

調理実習の最中、北原と俺のことをさんざんさぐってきた高崎の眼鏡面(めがねづら)が浮かぶ。

「それとね、夏休み前に茂木(もてぎ)くんからも告白されたの」

「茂木って、サッカー部の⁉　女子からすげぇ人気あるやつ⁉」

「そう、その茂木くん。でもそれも、藍がダメだって。ああいうやつは遊び慣れてるし、すぐ浮気するから泣かされて終わりだよ、って」

茂木といえば昨日サッカーの授業で俺の顔面に思いきりシュートをくらわしたやつだ。

素直にあやまってきたんだから悪いやつだとは思っていないが、なるほど、女子はモテる＝遊び慣れてる、すぐ浮気すると認識しているらしい。

そんな女子たちのきびしい目に俺はどう映っているのか、興味はあるがさすがに怖くて聞けない。

人にどう思われようが気にしないと思って生きていたが、実際に冷たい目で見られると臆してしまう。

「で、三倉くん。どうして、こんなところに誘ったの?」

カモミールティーのカップの縁を指で拭(ぬぐ)いながら北原が言う。

どうやら、ベタッとついてしまったピンクのリップグロスを気にしているらしい。

「だれにも聞かれたくない話って、何?」

「今から俺が言うことは、本当のことだ。頭イカれてるやつだって思っても、お願いだから最後までちゃんと聞いてほしい」

うん? と北原が笑顔のまま小首をかしげる。

かわいいと思ってやっていない、その天然具合がいじらしい。

俺はこれから、北原の期待をこなごなに打ちくだくうえ、自分が六日後死ぬという恐怖に突き落とすのだ。

「俺は、普通の人間じゃない」

「知ってるよー」

北原はあっけらかんと言う。

「三倉くん、明らかに普通じゃないよね。だれとも話さないし、いつも難しい本読んでるし。きっとすごく頭よくて、本や音楽の趣味も同世代とは合わない人なんじゃないかと思う」

その分析は間違っていない。

俺が好んで読む本は芥川龍之介と太宰治と梶井基次郎、音楽はビートルズとカーペンターズとクラシック全般。

高校生たちが好む「今流行りの、最先端のもの」なんてヌルすぎて読んでられないし聴いてられない。

いや、そんなことはどうでもよくて。

「そうじゃなくて、俺には普通じゃない能力があるんだ」

「それ、超能力ってこと？」

「そうなる」

「えーすごい‼」

北原の大声にアップルパイを突っつくとなりの女子大生ふたり組が反応し、石澤たちが怪訝な視線をこちらに注いだ。

石澤たち、おまえらは間違っていない。

あんたらの親友は、「おめでとうございます、三千万円が当たりました！」という詐欺メールに疑いもせず返信してしまうタイプだ。

「どんな能力なの？　スプーン、ぐにゃぐにゃ曲げられるとか？　よく映画や小説であるけど、人の心が読めるとか？　あと、宇宙人と話ができたり？」

「そんな便利な代物じゃない」

俺の口調にようやく北原は深刻な何かを感じ取ったのか、無邪気な笑顔をひっこめた。

「俺は人が死ぬ一週間前から、死の香りを感じ取ることができる。おまえは昨日から、その香りがしている」

「えと、それは……」

「六日後に、おまえは死ぬ」

北原の反応は、思いのほか冷静だった。

普通じゃない能力があると告げたときとは、雲泥の差。

ただ、名前の通り大きな瞳を一度ぱちくりさせた。

「えと。その。いろいろ聞きたいことあるんだけど。なんで、三倉くんは自分がその能力があるって気づいたの？」

「俺と関わったやつが三人、実際、死んでる」

カフェ内の喧騒も、ショパンのＢＧＭも、急に遠くなった。

俺の鼻の中で、キンモクセイに似た香りが妖しく甘く、強くなる。

「最初は幼稚園のとき、ばあちゃんが死んだ。俺の能力のことを教えてくれたのは、そのばあちゃんだった」

「つらかったね」

自分が死ぬと言われた直後に、俺のつらさを思いやる。

そんなやさしさが、痛いほど胸に染みる。

たった五歳で、俺は親しい人を亡くす悲しみと自分に備わっている不思議な力の恐ろしさを知ってしまった。

その苦しみを他人に吐き出したのは今がはじめてだ。

「次は小学二年のとき、クラスの女子が死んだ。おまえ、覚えてないか？　通学途中の小学生の列にトラックが突っこんだ事故。運転手は、危険ドラッグ飲んでた」

「覚えてる！　すぐとなりの町で起こったんだもの。うちの学校でもそのあと、車には気をつけなさいってすごい先生から言われた」

「俺は目の前で、五人の小学生が次々轢かれたところを見ているんだ。今でも横断歩道がない道路は、怖くて渡れない」

北原がひとつ、大きく頷いた。

北原を救おうとしている俺が逆に北原に救われているようだった。

「三回目は小六のとき。いちばん仲の良かったやつが死んだ。そのときは、本当に悲しかったよ。一週間前から死の香りを嗅いでたのに、俺は何もしてやれなかったから」

北原が言葉につまる。

「わかるだろ？　俺は死神みたいなもんなんだ。だからもう、俺と仲良くしようとか思わないほうがいい。俺と仲良くするのをやめれば、もしかしたら死の香りだってしなくなるかもしれない」

「大丈夫だよ、三倉くん」

え、と声をあげそうになった。

北原は笑っていた。

自分が死ぬことを受け入れられなくて、無理に作った笑みではなかった。

「わたしは、死なない」

「……何言ってんだよ。俺の能力は、絶対だ」

「絶対なんて、決めつけちゃダメだよ。運命って、きっと、変えられる」

絶対、よりも、きっと、のほうが力強く聞こえることがあるなんて、知らなかった。

「三倉くんは、死神なんかじゃないよ。わたしが、違うって証明してみせる」

天使みたいな笑顔が眩しいを通りこして神々しい。

北原は本当に、俺を救おうとしている。

「考えよう。どうしたら、六日後に死なないか」

「考えるって。考えたって、無駄だぞ。いきなりトラックが突っ込んできたら、なす術もないんだから」

「じゃあ六日後、わたしは家でじっとしてればいいわけ？」

「それはそれでまずいな。いきなり心臓発作とか、起こすかもしれない」

「じゃあさ、病院に行こうよ。わたし、真冬でも全然風邪ひかないくらいバリバリの健康体だけれど、どっか、病気かもしれないし」

一見健康に見えて、病気なんてかかってないやつだってとつぜん死んでしまうことを、俺は知っている。

でも、頷いていた。

俺を救おうとしてくれている北原に、希望を見出していた。

「よし、行こう、病院。明日でいいか？　俺もついていってやる」

「三倉くんもついていってくれるなら心強いね。じゃ、ＩＤ交換、しない？」

そのまま俺たちはＩＤを交換した。

友達がいない、メーカーの宣伝ばかりの俺のアプリにはじめて友達と呼べる存在の名前が登録された。

北原のアイコンは、かわいかった。

ピンクのベッドカバーを背景に、テディベアがふたつ。

ちゃんと着せられた服は、北原のお手製らしい。

「あんたたち、結局どういう関係なの」

会計をすませたあと、同時に出てきた石澤に聞かれた。

その目はどんな裁判官よりも厳しく、俺の真意を見透かそうとする。

まさか本当のことなんて言えず困惑していると、北原がするりと腕を絡ませてきた。

甘やかな体温に頭の芯がくらりと煮える。

「わたしたち、付き合うことになっちゃった！」

石澤が言葉を失う。

前園と金原も仰天（ぎょうてん）している。

北原が耳に唇をよせてくる。

「そういうことに、しとこ？」

　俺は頷くほかなかった。

　同じ駅なので、北原を家まで送っていくことにした。

　秋分前の青空が少しずつ夕焼けに染まるころ、ふたりの影が細く長くアスファルトに伸びていた。

　北原の家は小ぎれいな一軒家だった。

　俺もこのあたりの地理にくわしくはないのだが、俗に言う新興住宅地と呼ばれる地域で、新しい家が建ちならび、比較的富裕層が暮らすエリアに北原の家はあった。

　象牙色の外壁に、茶色い屋根。

　手入れの行きとどいた庭にはオレンジやピンクのコスモスが咲いていた。

「北原ん家って、金持ちなの？」

「うーん、よくわかんない。お父さんは建設会社に勤めてて、お母さんはインテリアコーディネーター。ふたりとも仕事忙しくて、あんまり家にいないんだよね」

　建設会社の父とインテリアコーディネーターの母。

　それだけでなかなかの富裕層に感じるが。

ちなみにうちの父親は商社に勤めているが特にいいポジションについているわけでもなく、母親はスーパーでパートタイムで働いている。

「ありがと。三倉くん。ここまで送ってくれて」

玄関の門を開けようと手を伸ばしたところで、北原がふりむいた。

白い肌に、低い位置から照らす夕刻の太陽が、陰影を刻んでいた。

「とりあえず明日は、病院だね」

「そうだな。あと、わかってると思うけどおまえ、学校では話しかけるなよ。坂野たちにあれこれ言われるの、北原だっていやだろ」

「わたしはそんなにいやじゃないけどね。三倉くんがいやなら、そうする」

北原は聞きわけのいい子どものようだった。

「じゃ、また明日ね！　三倉くん」

手をふって門戸を引き、扉までの四段ほどの階段を上がっていったあとで、くるりとふりむいた。

「今度は家、寄ってってね」

つけ足すように言って、恥ずかしくなったのか、あわてたみたいに家の中に消えていく。

家寄ってって、ってどういう意味だよ。

内心の動揺をふりはらうように大股で歩きだすと、低い声がした。

「おい」

つい、ちょっと、びくっと喉が動いてしまうほど、棘のある声音だった。

その男は、北原に少し似た顔をしていた。

背が高くて、一六三センチしかない俺を二十センチ近く高いところから見下ろしている。Tシャツから突き出た腕にはみっしり筋肉がついていて、腕っぷしも強そうだ。

「おまえ、陽斗美の何なんだ」

「何って言われても」

「俺は陽斗美の兄貴だ」

驚きはしなかった。

輪郭は全然違うが、鼻や口もとが北原にそっくりだったから。

仮に北原が男に生まれて、めいっぱい身体を鍛えたら、こういう体つきになるのかもしれない。

「おまえに、話がある」

有無を言わさぬ口調に、俺は小さな声でみっともなく、はいと返事をした。

5　兄と妹

夕暮れどきの公園には、犬を連れた人が多い。

マルチーズ、ダックスフンド、ヨークシャテリア、トイプードル。田舎だからか、大型犬の姿も目立つ。

落ち着きのない茶色いトイプードルが悠然としっぽをふるシベリアンハスキーに露骨にビビっているのを見ると、今の俺と北原の兄みたいだな、と思ってしまう。

「コーヒーでいいか」

「ありがとうございます」

近くの自販機で飲み物を買ってきた北原兄と、となりあってベンチに腰かけた。

目の前をジャージ姿にスニーカーの元気な七十代くらいの男性が闊歩している。夕方のウォーキングの最中らしい。

「おまえ、名前は」

「三倉雅時です」

「俺は北原修也だ」

「修也さん」

「馴れ馴れしく呼ぶな」

じゃあなんて呼んだらいいんだよ、という突っ込みを許さない緊迫した空気が、平穏な公園の中、俺たちの間で漂っている。

ウォーキング中の七十代男性にもシベリアンハスキーにもこの際トイプードルでもいいから、助けを求めたい気分だ。

「おまえ、うちの陽斗美とどういうつもりで付き合ってるんだよ」

北原に似た唇が言う。

俺は俯いたまま、鼻の頭をかく。

「べつに付き合ってるわけじゃありません」

「じゃあなんで今まで一緒にいた？　家まで送ってくるなんて、絶対普通の友達じゃないだろ」

「普通の友達ですよ。ごく、普通の」

かりに、六日後に北原が死ぬのでそれを俺の力で防いでやりたいんです、なんて本当のことを言ったらどうなるかと、頭の片隅でシミュレーションしてみた。

ダメだ、たぶん殴られる。

人の妹を死ぬとかなんとか、わけのわからないことで脅して付き合うなんて卑怯なまねするんじゃねぇ。

サッカーだか野球だかラグビーだか知らないが、その手のスポーツで鍛えあげられたであろうこのゴツい身体でぶつかってこられたら、小柄な俺なんてひとたまりもない。

「ウソついてるだろおまえ。おまえみたいな男、陽斗美が中学生のころから何人も見てるんだ、俺は」

修也さんはそこでほんの少しだけ声をふるわせた。

それで、北原が不在がちの両親のぶんまでこの男から精一杯の愛情を注がれていることを知った。

「あいつ、中一のとき同じクラスの男に付きまとわれたんだ」

大して驚きはなかった。

北原は決してクラスのアイドルとして君臨するタイプじゃないけれどかわいい。

魂の美しさが、外見に出ている。

その上、妙に男を惹きつけるオーラみたいなものを持っているのが、俺にもわかる。

「ＩＤ教えたとたんメッセージがいっぱい来て、電話も来て、出ないでいるとなんで出ないのかってしつこくて、あげくには罵倒をはじめた」

「それはタチが悪いですね」

「陽斗美が何言っても埒が明かないから、俺がシメてやったよ。次に俺の妹に何かしたらタダじゃおかねぇからな、ってな」

脅しで言ったわけじゃないんだろう。

この人は北原が危ない目にあったら、相手に手を上げることを躊躇しないはずだ。

「中三のときも、ストーカーだ。となりのクラスのやつから付きまとわれた。告白されて断られて、頭にきたんだろう。家にまでついてきた」

「そのときはどうしたんですか」

「同じだよ。ちょっと脅して追い払ってやった」

それから、缶コーヒー片手に修也さんは俺を睨みつけた。

ここだけは北原に似ていない、切れ長の鋭い目がまっすぐな視線を突き刺した。

「俺の言いたいこと、わかるだろ。陽斗美は、どうしようもなく馬鹿で、危なっかしくて、でもだれよりも純粋でやさしい心を持ってる。そんな陽斗美のとなりに、おまえみたいな人を見下して生きているやつは、相応しくない」

人を見下していると本当のことをずばり言われたのが少々堪えた。

でも気圧(けお)されてはいけない。

ここで黙っていたら、よけいにダメな男だと思われる。

「どうして、決めつけるんですか」

修也さんの視線に負けないよう、トイプードルなりにまっすぐ切れ長の目を見据えた。

「どうして俺には相応しくないなんて、決めつけられるんですか。たった今会ったばかりなのに、ちょっと話しただけなのに、判断できないですよね」

「おまえ、友達いねぇだろ」

俺のまっすぐだった視線が頼りなく彷徨(さまよ)った。

夕暮れの空には綿をちぎったような雲が浮かんでいた。

「わかるんだよ、そういうの。俺にはわかる」

「……北原さんは友達です」

「男社会のことを言ってるんだ、俺は。都合よく陽斗美を数に入れるな」

もう、俺は俯くしかなかった。完敗だ、と喉の奥で呟(つぶや)いた。

「おまえがどんなふうに学校で生きてて、クラスでどういう存在なのか、俺にはだいたいわかっちゃうんだよ。男社会の中で自分の立ち位置すら決められないような弱い男に、陽斗美は託せない。どうしても女の子と付き合いたいなら、おまえにお似合いの子を選べ。

陽斗美は、ダメだ」

修也さんの言葉の輪郭（りんかく）は、はっきりくっきりしていて、俺の心の底に重く沈みこんだ。


いつもの時刻にアラームで起きて、今日の日付と曜日を確認する。

何度見ても水曜日。

小説や漫画の中のように、都合よく日にちが巻き戻ったり、延々と「今日」を繰りかえすことなんてない。

時間は地球のリズムどおりに刻まれ、昨日はあっという間に今日になった。

あと五日。

思わず不吉なカウントダウンをしてしまうと、アプリに北原からのメッセージが届いていることに気づく。写真付きだった。

『今日はね、髪の毛ツインテールにしてみたの！　高校生にもなってツインテールなんておかしいかなぁ？　どう思う？』

両サイドに赤いゴムで束ねられた髪の毛が、どことなくウサギを思わせた。

俺の不吉なカウントダウンも、複雑な心中も知らず、北原は北原らしく俺に接してくる。

『おかしくないよ』

それだけ返事をしてから、ベッドを抜けだし、支度をはじめた。

今日は北原と同じ電車に乗ろうと思った。

修也さんにダメだと言われたからって、北原にダメだって言われたわけじゃない。

北原が俺を必要としてくれる以上は、俺はちゃんと北原を守ろうと思った。

いつもの駅に、いつものホームに、いつもの電車に、北原はいなかった。

今日はそっちが寝坊かよ、と思って通学路を歩きだすと、ぽん、とうしろからタックルをされた。とてもやさしいタックルだった。

「おはよう、三倉くん」

「おはよう、じゃねぇよ。おまえ寝坊したんじゃなかったのかよ」

「その逆！　今日は早起きして、なんとしてでも三倉くんと同じ電車に乗ろうと思って。でも、逆に早起きしすぎちゃった」

「で、ここで待ちぶせしてたのか？」

「ご名答！」

明るく答える唇に、昨日と同じリップグロスが塗られていた。

「三倉くん、昨夜のドラマ観た？　すごいよね、意外な展開って感じ」

「悪いけど観てない」

「えー！　藍も奈津も清乃も観てるんだよ？」

「そういうの、興味ないんだよ」

「じゃあ三倉くんって、家では何してるの？」

あらためて聞かれると、返答に困る。

普段家で何をしているか？　特別なことなんて何もしていない。自慢できるような趣味もひとつもない。

「何って、べつに普通だよ。ネットしたり、音楽聴いたり、本読んだり。あとは勉強」

「すごい！　三倉くん、ちゃんと家で勉強してるんだ！　そういえば結構成績いいよね」

「うちの高校行ってる時点で、そんなに頭よくねぇよ」

ダサい制服がトレードマークの我が校はいわゆる「自称進学校」。

中学で平均かそれ以下の成績だった連中が、がんばって入る県立高だ。つまり、そこそこの頭を持っていれば入れるレベル。

たまに高崎みたいにずば抜けて頭のいいやつもいるが、そういうやつは決まって本命は私立で、滑り止めの高校にしかたなく通っているというわけ。

「そんなこと言っちゃ、うちの高校の生徒全員に失礼だよー。つまり、わたしにも」

「おまえがアホなのはとっくに知ってる」

「ひどい！　たしかにわたし、数学苦手だけどね？　でも、英語では結構点数、取れるんだよー!?」

「ていうか、学校で話しかけるなよ」

「ここ学校じゃないよ」

いつもと同じ道を北原と一緒に歩くだけで、景色まで違って見えるような気がした。

おなじみの通学路は同じ制服だらけだが、カップルはめずらしい。

心なしか、まわりの視線が痛い。

「学校じゃなくても、学校のやつがいるところじゃ、ダメだ」

「えー、そんなふうに言われたらよけいに話したくなるー」

「おまえって素直なくせにそういうとこはガキだよな」

「ガキに決まってるじゃん、わたしたち、まだ十六歳なんだよ？」

「おはよう」

低い声にちょっと、ぎょっとした。

「おはよう」

ふりむいた北原に、石澤が厳しい視線をむけている。

となりにはおなじみの前園と金原。

石澤は俺と北原が昨日いきなり付き合いはじめ、さっそく今日一緒に登校しているという現実が心底不快らしい。

顔が岩のようだ。

「朝から楽しそうね」

嫌みたっぷりな石澤の言葉。

しかしそんな嫌みにビビるのは俺だけで、北原は言葉どおりに受けとる。

「そう、楽しくってしかたないの！　彼氏ができるって、素敵だね。一緒に登校するの、憧れだったんだー」

能天気に言うな、おまえ。

俺を見る石澤の目、ますますキツくなってるから。

顔がまるで岩だけど、今なら石澤、メデューサになれる。視線で俺を石にできる。

「仲がいいのは結構だけど、通学はわたしたちと一緒にしてくれない？」

「なんで？」

「奈津も清乃も、学校行くのは彼氏とじゃなくてわたしたちとでしょ。女同士の付き合いだって大事なんだから、そういう決まりは守ってもらわないと」

前園と金原が軽く頷く。決まりってなんだよ。女って本当に面倒くさい。

と俺の五メートルうしろで楽しそうな笑い声をあげていた。

「そっかー。決まりなんだぁ」

北原は素直である。どこまでも素直。まん丸い目が、納得していた。

「わかった！　じゃあ、三倉くんごめんね。またあとでメッセ、するから」

そう言って手をふって友達の輪の中にもどっていく北原は、その後学校につくまでずっと俺の五メートルうしろで楽しそうな笑い声をあげていた。


学校では平穏な日常が滞り（とどこお）なくすぎていった。

一時間目が化学、二時間目が数学、三時間目が古典。

三十代半ばくらいのセミロングをひっつめ髪にした女性教師が源氏物語（げんじものがたり）の解説をしているとき、俺の三つ斜め前に座っている北原がふりむいた。

何かを指さしている。何のジェスチャーなのかまったくわからない。唇が動く。

「す」

「ま」

「ほ」

「み」

「て」

バッグの中に入れているスマホを教師の目を盗んで取りだすと、アプリに北原からメッセージが来ていた。さっき送ったものらしく、時間が二分前だ。

『授業退屈ー。ふたりでこっそり恋バナでもしない？』

スマホから顔をあげて北原を見ると、北原は下手くそなウインクをしてきた。

両目、どっちも瞑ってしまっている。

『恋バナなんてねぇよ』

『だれかと付き合ったことある？』

『ない』

『だれかを好きになったことは？』

『ある』

短くそう送信したあと、北原がちらりとこちらをふりむいた。

過去の俺をさぐるような視線に、少し戸惑う。心が苦い思い出に波立っていた。

『その話聞かせてよ』

『しない』

『えーなんで、いいじゃん』

『北原にはそういう話したくない』

『ケチー』

『ケチでいいよ。ていうかもう送るな』

『なんで?』

『今授業中だろ』

『授業中だから送りたいの』

『馬鹿かおまえは』

『馬鹿でーす。立派な馬鹿でーす』

『いいかげんメッセ、やめるぞ』

「そこ、何やってるんですか」

鋭い声に我にかえる。

顔をあげると女性教師は俺を見て、それから北原を見た。

すべて見透かしているような目に、返す言葉もない。

「スマホは持ってきてもいいけれど、校内では使ってはいけないというルールは知っていますね?」

「はい」

北原が答えた。

不自然なくらい落ち着きはらっていた。こうなることを頭の片隅で予想していたとでもいうような言い方だった。

「しかも今は授業中です。論外ですよ、スマホを使うなんて」

「ごめんなさい」

「三倉くん、北原さん、スマホでいったい何をしていたんですか」

教室じゅうの視線が、痛い。

坂野が好奇心丸出しの目で、石澤が憤慨を隠さない目で、前園と金原が非難がましい目で俺を見ている。

「アプリでメッセージ、してました」

北原が言う。

本当のことなんだから仕方ないが、本当のことをよくもまぁここまで堂々と言ってくれたもんだ。

昨日は家庭科室で手をにぎり、今日は授業中にスマホでメッセージ。

これじゃあラブラブカップルだと誤解されても弁解のしようがない。

「ふたりともスマホ、没収します。放課後、職員室に来なさい」

女性教師は半ばあきれた顔で俺と北原のスマホを没収すると、授業にもどっていった。

授業は一見何も起こらなかったかのようにすぎていって、私語をしているやつもいなかった。

でも、俺と北原がスマホを没収される前と後では、教室内の空気が明らかに変わっていた。

みんな口にしないだけで、まったく同じことを心の中で思っている。

昼休み、購買で焼きそばパンとコーヒー牛乳を買ってひとり黙々といつもどおり昼食をとる俺は、男子たちの冷ややかな視線を浴びまくっていた。

どうやら北原のことをかわいい、と思っていた男子は結構多かったらしく、そういうやつらから俺はこぞって敵と見なされているらしい。

「スマホ持ってない、って言ってたくせにな」

聞こえよがしにだれかが言う。人を嫌い、人を避け、人と関わってこなかったツケは、こういうときにまわってくるのだ。

石澤たちの俺への態度は間違っていない。

北原はいわば、このクラスの天使。天使に相応(ふさわ)しいのは、死神じゃない。

神様みたいな男じゃないと、だれも納得してくれない。

「ねぇー、陽斗美と三倉くんっていつから付き合ってるの?」

俺と違って、自分のグループ以外の女子たちともそこそこ上手くやっている北原は、坂野のグループに取りまかれ、質問攻めに遭っていた。

グループのメンバーは坂野の他三人。

ここが高校だということも忘れたような真っ赤なリップがトレードマークの水木と、ダンス部に入っているというふういつも前衛的な髪型をしている野村、そして坂野に次いでどぎつい恋バナが大好きな松山。

どの女子の化粧も過剰で過激で、そして安っぽい。

「ぜんっぜんそういう雰囲気なかったのにいきなりそんなふうになっちゃってるんだもーん。こっちもびっくりだよねー」

水木が言う。北原が困ったように微笑み、そのとなりで石澤が例のごとく岩のような表情を水木にむけている。

しかし水木は怯みもせず続ける。

「いったい何がきっかけだったの？　うちらも今後の参考のために、教えてほしいなぁ」

何が今後の参考だ、ただ知りたいだけだろう。

そう突っ込みたくてしょうがなかったが、女子の世界に男が入っていって男が得することなんて何ひとつないのは知っているから、焼きそばパンを咀嚼しながら静観していた。

俺を取りまく男子たちの視線が、ますますきつくなる。

「ごめん。そういうの、教えられないや」

友達に付き合っていると宣言してしまった以上、水木たちの発言を否定できないんだろう。

北原は困ったように笑いながらおだやかに言う。

「北原さんさ、なにげにモテるよね？　うちらにもモテの秘訣、教えてほしいなぁ」

野村が甘ったるい声で言う。

ねっちりしたトーンが、いやな感触を持って耳にまとわりつく。

「えー、べつにわたし、モテてないよー。みんなのほうがずっとモテてるくせに」

「それがさぁ、どうでもいい男にばっかり好かれちゃって、肝心なやつには知らんぷりされるの。どうしたら陽斗美みたいに、好きな人とすんなり付き合えるの？」

松山の声だ。そういうことは自分の頭で考えろ。口に出せない突っ込みをする。

「ていうかさー、あんたたちどこまで進んでるわけ？」

坂野がマニキュアが塗られたピンクの爪をいじりながら言った。

石澤の頬が強張り、前園と金原がぎょっとする。

「あんだけ仲良くて何にもないなんて、まさかそんなことないでしょ？」

「三倉くんって教室ではあんなんだから、ふたりっきりのときどうなのか興味あるわー」

「あたしたちの知らない三倉くんのこと、知りたいなぁ」

坂野に続く水木と野村と松山の攻撃に耐えかね、ついに石澤が牙をむいた。

「ちょっとあんたたち、いいかげんに」

「三倉くんはね、そんな人じゃないよ」

北原が天使の笑顔で言い放った。

教室じゅうから一瞬、おしゃべりの声が消える。

「三倉くんは、わたしを守ってくれる正義のヒーローなの。だからそんなこと、しないよ」

「へー。おもしろいのね、陽斗美って」

坂野はさも馬鹿にしたように言って、水木たちを引き連れてはなれていった。

「正義のヒーローだって、だっさ」

「小学生みたい」

「ていうか幼稚園児じゃね？」

喧騒（けんそう）がもどった教室の中、俺の耳は坂野たちの嘲り（あざけり）の声をきちんと拾ってしまい、いたたまれなくなった。

北原が小学生レベルだと言われてるのも馬鹿扱いされてるのも、全部俺のせいだ。

北原の甘い香りが、死の香りが、罪悪感を煽る。

それにしても、正義のヒーローとは。言われたこちらとしては、ずいぶん複雑だ。

はっきり「彼氏だよ」と言われたら、また違ったのかもしれない。

「彼氏だよ」と言われても、複雑だったかもしれないけれど。

「おまえ、案外機転きくんだな」

ホームルーム終了後、部活やバイトやはたまたデートや、それぞれの放課後の用事のために忙しく生徒が行き来する廊下を北原とふたり、歩きながらそう言っていた。

ふたりともこれから、スマホをかえしてもらうために職員室だ。

「機転って、何のこと？」

「昼休み。坂野たちにあんなひどいこと言われても、平然としてやっつけてやったじゃん」

「べつにやっつけたつもりなんてないよ。本当のこと言っただけだし」

「おまえ、なんか誤解してないか？」

「何がー？」

遠くでトランペットの音がしていた。吹奏楽部が今日も部活に勤しんでいる。

窓から九月の午後のぬるい日差しが差しこみ、北原のツインテールを淡い茶色に染めていた。

「俺の能力は、その人が死ぬ一週間前から死の香りを嗅ぎとれるだけだ。死ぬとわかっていて、運命を変えられたことは、一度もない。だから俺は、正義のヒーローなんかじゃない。魔法も超能力も使えないし、悪者をやっつけられるほど腕っぷしも強くない」

自分で言ってて、情けなくなってくる。

要は俺は自分に備わった特殊能力のせいで、北原に死刑宣告を下しただけなのだ。

「だから、わたしが違うって証明してみせるって言ったでしょう」

ちょっと怒った声がかえってきた。北原のそんな声を、はじめて聞いた。

「運命はね、きっと変えられるの。わたしたち、運命と闘うの」

「闘ったところで、勝てるかなんてわからないだろ」

「闘わなくちゃ、勝てないよ」

そこでようやく、職員室についた。

古典担当の女性教師は視線をちらりとあげて俺たちを見つけ、視線で手招きをした。

俺と北原は悪いことをした子どものように、実際その通りなんだがさもそういう風情で、女性教師の机の横に立った。

授業中も休み時間もめったに笑わないせいで「鉄仮面」と生徒たちからあだ名をつけられている女性教師は、いつもと変わらない鉄仮面で俺たちを代わる代わる見た。

「ここに呼び出されることがどういうことか、わかっていますね」

「はい」

北原が答えた。ほんの少し、声がふるえる。

女性教師は北原の返事に満足したのかしていないのかわからない鉄仮面で、また聞いた。

「最初にスマホでメッセージを送ったのは、どちらですか」

「わたしです」

また北原が答える。ここは、事実を正直に話したほうがいい。

ウソをついたりごまかしたりすることで得することなんて何ひとつないのだ。

「どんなメッセージを送ったんですか」

「授業退屈、って」

そこまで正直にならなくてもいいだろう。

そう突っ込みたかったが、一度口に出した言葉は取り消せない。

鉄仮面は鉄仮面らしく、自分の授業を退屈と言われたくらいで怒るそぶりも見せない。

「授業が退屈だからって、そんなことをしていい理由にはなりませんよね」

「その通りです」

「三倉くん、あなたはなんでメッセージに答えたんですか。さっきから北原さんばっかりが話しているけれど、あなたにも責任があるんですよ」

ほとんど抑揚のない口調で、諭すように責めるように鉄仮面は言う。

その通りだと思うから、反論はできない。

「よく考えずに、ただ、来たものに返信していただけです」

「校内でスマホを使ってはいけないし、まして授業中なのに、ですか？」

「……相手が北原だったから。北原のメッセに、どうしても返信したかったから」

北原が目を見開いて俺を見た。

名前の通り大きな瞳が、輝いていた。

「スマホ見て」と口の動きだけで言われたとき、正直、ちょっとうれしかったのだ。

授業中でも北原が俺を気にかけてくれていることが、北原にいたずらを仕掛けられたことが、単純にうれしかった。

北原はもう、俺にとって特別な存在だから。

「三倉くんの言い分は、わかりました」

鉄仮面はほんの小さなため息を吐いてから、そう言った。

「じゃあ北原さんに聞きます。そもそもなんで、あんなことをしたのですか。授業中にメッセージなんかして見つかったらスマホを没収されるって、わかっているはずですよね。

なんで、そんな危険をおかしてまで三倉くんにメッセージを送りたかったんですか」

「それは」

北原の頬が、ちょっと赤くなった。

「それは、好きな漫画に、同じシーンがあったからです」

ぶっ、ととなりの机の英語教師が吹きだした。

ななめ前の生物教師も必死で笑いを押し殺している。

俺は笑うのを通りこして、茫然としていた。

北原がウソやいいかげんを言ってないってことは、語調でわかる。

だからこそ単純明快なその脳の作りが信じられない。

好きな漫画に同じシーンがあるからって、普通それ、現実でやるか？

「わかりました」

そう言う鉄仮面の口もとに、うっすら笑みが浮かんでいた。

びっくりした。

このおかたい古典教師でも笑うことがあるなんて、はじめて知った。

笑いを忘れた生き物だと思いこんでいた。

「正直に言ってくれたので、今回は特別に許すことにします。スマホ、かえしてあげます。

親御さんとの連絡にも困るだろうし」

「ありがとうございます」

　俺がお辞儀をして、となりで北原もそれにならった。

　英語教師はまだこちらを見てにやにやしていた。

「でも、もう高校生なんだから、節度ある行動を心がけてくださいね。漫画と現実の世界をごっちゃにしないように。あなたたちはもう罪を犯せば裁かれるし、つまり、それぐらいには大人なんです。いつまでも子どもの気持ちでいてはいけません。大人としての言動を心がけてください」

「はい」

　ふたりの声が重なった。

「あーっ。緊張したらおなかすいたー」

　職員室を出て歩きだしながら北原が言う。

　すでに運動部の練習が始まっているらしく、野球部かなんかだろう、野太いランニング中のかけ声がどこからか聞こえてきた。

「どこかでおやつ、食べて行かない？　夕日が丘駅前のドーナツ屋さんとか」

「そんなことしてたら、間に合わないぞ。これから病院行くんだから」

「えードーナツ食べたいー」

「じゃあ、診察終わったらな」

やったぁ、と子どものように無邪気な声がかえってくる。

昇降口から校門までの道のりも、校門を出て駅まで歩く間も、ずっとチラチラこちらを盗み見るまわりの生徒からの視線が気になった。

北原はそんなこと、まったく気にしないんだろうが。

俺はまわりになんと思われようがどうでもいいなんて態度を取っているくせに、じつは人一倍まわりの目を気にする小さい男だ。

「北原ってさ、なんでそんな馬鹿なの？」

「ひっどーい！　馬鹿じゃないよ、天然なだけ」

「自分でそれ言うな」

そのとおりだけどな。北原がここまで天然だから、天然すぎるから、石澤たちもあんなに心配しているんだろう。

「そういえば今日は石澤たちは？」

「今日は三倉くんとデートだって言っといた」

「まさか今日もついてきてるとかないだろうな」

集英社 〒101-8050 東京都千代田区一ツ橋2-5-10 ※表示価格は本体価格です。別途、消費税が加算されます。

eコバルト文庫

電子オリジナル作品 新刊案内

2月刊
2月28日配信

【毎月最終金曜日頃配信】 cobalt.shueisha.co.jp @suchan_cobalt

コバルト文庫の電子書籍・続々配信中! 詳しくはe!集英社(ebooks.shueisha.co.jp)をご覧ください

Tatsuki Shindo
真堂 樹
イラスト／浅見 侑

人に似た異類「血鬼」と人が共存する世界。義賊〝蝙蝠〟を追う衛士・李桃李は、その道中で請親王・英荷と出会った。皇太子となる自分を友として支えてほしいという英荷に応えようとする桃李だが、彼の首には血鬼の〝蝙蝠〟が残したとみられる傷痕があった…。

『月下薔薇夜話』シリーズ既刊3巻好評配信中

「それはないよ。奈津と清乃もデートだし、藍は部活だし」

それで、石澤が美術部だということを思い出した。

あんな厳しい目で俺を睨みつけ、昼休みも坂野たちに強気に反論しようとしていた石澤に、淡い興味のようなものを覚えた。

勉強ができる真面目なおとなしい女子、ぐらいにしか認識していなかったが、ここ数日間でその認識を何度もひっくり返されている気がする。

「石澤って、美大目指してるってウワサあるけど、本当なのか？」

「本当だよー。美大ってただ、絵が上手ければ入れるってものじゃなくて、学科試験もすごい重要なんだって。だから藍、勉強もすごいがんばってるの」

「実は本命私立で、落っこちてうちの学校に通ってる系？」

「そうらしいけど、そんなこと本人の前で絶対言っちゃダメだよ」

「言われなくても言わねぇよ、おまえみたいな天然じゃないんだから」

ひどい、ともう一度北原は言って、口を尖らせた。

これだけじゃどうして石澤がそんなに俺と北原とのことを認めたがらないのか、友達を悪い男から守るというより敵から守るという目で俺を見てくるのか、わからない。

でもそれ以上詮索してあやしまれるのも困るので、今日はここまでにしておく。

6　無理解と無神経

高校のある駅から電車でひと駅、夕日が丘駅でおりてバスで数分のところに夕日が丘市立病院はある。

内科、外科、眼科、耳鼻科、心療内科に小児科、産婦人科、あらゆる科がひととおり揃えられている、この地域でいちばんでかい病院だ。

もう午後も五時をすぎているのに診察を待つ人の姿は多く、中には見舞い客だろう、花束を持って歩く人や、松葉杖をついて歩く入院患者や車椅子を押されている爺さんの姿も。医者やナースはきびきびと歩き、病院の玄関にあるチェーンの喫茶店はにぎわっていて、とにかく人の数が半端ない。

こんな場所では、死の香りがあちらこちらからぷんぷんしていてもおかしくないのに、そうならないのはやっぱり俺の能力は心を開いている人間にしか発動しない、ということなんだろう。

「保険証、持ってきたか？」

「持ってるよ。ほら、これ」

いかにも北原らしいピンクの大小の水玉があしらわれたエナメルの財布から、得意げに黄色い保険証を取りだして笑ってみせる。

「診察券は？」

「ない。わたし、ここで診てもらうの、はじめてなの。ずいぶん小さいころにお母さんが骨折したときはここで診てもらって、そのときに一緒に来て、それ以来かな。この病院来るの」

「俺も小さいころ、ばあちゃんをここで診てもらったことがある」

言葉とともに、心の奥の普段は見えない部分にしずんでいた思い出がほんのりと蘇ってくる。

ばあちゃんとここに来たとき、たしかまだ、病院の玄関にあるチェーンの喫茶店は営業してなかった。

「行くぞ」

臆しているのか、不安そうに俺のワイシャツをつかむ手をにぎって、受付へと連れていく。

「あの、すいません」

総合受付を担当する五十代くらいの、おばさんという言葉が相応しくない品のいい女性は、営業用の笑みをこちらにむけた。

「初診なんですけど、どこへ行ったらいいでしょうか」

「今日はどうされましたか」

「あの……その、痛いんです」

北原がちらりととなりの俺を盗み見た。小さな手が俺のワイシャツの裾を何かの頼りのようにつまんでいる。

「どこが痛いんですか？」

「お腹が……その、ちょっと」

そこでもう一度俺をちらり。ダメだこいつ。ウソ下手すぎ。

「頭や胸も時々痛いって言ってるんで、内科ならまず、間違いないかと」

「なら、まず総合診療科で診てもらってください。異状があれば検診という流れになると思います。四階の十八番へどうぞ」

北原はホッとした顔で、自分からはなした手を俺が痛いと偽った胸に当てた。

待合室は、総合受付に比べるとずいぶん空いていた。

半休を取ってやってきたらしい疲れた顔の背広姿。三十代ぐらいのやっぱり疲れた顔の主婦風の女性。新聞を読みふけっている老婆。

みんなスマホをいじったり、本を読んだり、イヤフォンで何かを聴いたりしてヒマな時間をやりすごしている。

俺と北原は、何もしなかった。

俺は足を組んで寝たふりをしていて、北原はじっと膝に手を置いて下をむいていた。

半分目を瞑っているせいでよく見えないその表情からして、北原が不安にかられていることを知った。

もし命に関わる病気が本当に見つかってしまったら、俺の能力はいよいよ本気で北原を苦しめることになってしまう。

俺は寝たふりをやめた。

「北原、きっと大丈夫だから」

北原が驚いて顔をこちらにむけた。

どうやら本当に俺が寝ていると思いこんでいたらしい。

「どんな病気が見つかっても、こんなにでかくて設備が整っているこの病院なら大丈夫だ。必ず、治せる」

「そうだよね。そのために来たんだもんね」

そこでぽんと音が鳴り、ディスプレイに北原の待ち合い番号が表示される。

じゃあ行ってくるね、と明るく言って去って行った北原は、思いのほか長く帰ってこなかった。

北原のことだからまた上手(うま)くウソがつけなくて、困っているのかもしれない。

だからといってさすがに家族でもない第三者の俺が一緒に診察を受けるわけにもいかず、どうすればいいものかとただ待っていると、二十分ほどしてようやく北原はもどってきた。

頰(ほお)に涙を伝わせながら。

「どうしよう、三倉(みくら)くん」

「何言われたんだ」

「親御さんを呼んで、心療内科に行ってくださいって言われた。大変なことになっちゃった。お父さんとお母さんにすごい心配かけちゃう」

静謐(せいひつ)な待合室で涙する北原に容赦(ようしゃ)ない好奇の視線が突き刺さる。

俺はそんな北原の肩を抱いて診察室へずかずか歩いて行き、一気に引き戸を引いた。

机にむかってパソコンにカルテを書いていたらしい気難しそうな五十歳くらいの医師が、何事かという顔で俺を見た。

「おいおまえ医者だろ。こいつになんてことするんだ。医者が患者泣かしてどうするんだよ」

「もしかして、死の香りがするなんて言ったのは君か」

医師が不気味なほど落ち着き払った口調で言った。

俺が驚いて北原を見ると、北原は俯いてうぅと嗚咽をもらした。

ウソがつけなかったんだ。つき通せなかったんだ。

だから今北原はこんなに苦しんでいるんだ。

「ここは命を扱う場所だ。妙なことを言って健康な人間の心をこわして、命をおもちゃにするんじゃない！」

一喝されて、ガラガラと足もとから大切なものがくずれていくのを感じた。

今まで一度も、能力のことを人に言ったことはなかった。

言ったらこうなることは、わかっていたはずだった。

それでも第三者からぐさりと串刺しにされると、自分のすべてを否定されてしまうような感じがする。

「君もきっと、心に抱えているものがあるんだろう」

医師はいきなり妙にやさしい口調になった。

「どうしようもなく苦しいことがあるから、そうやって大切な彼女を傷つけるようなことをするんだろう。治療が必要なのは、君も同じだ。一緒にここに通いなさい。親御さんともきちんと話をして」

「失礼します」

俺は北原の肩を抱いて診察室をあとにした。

俺の頭の中では地の底まで信頼を落とした病院に金を払うのはいやだったが、北原が「さすがにそんなことしちゃダメだよ、三倉くん」と泣いて訴えるので、おとなしく会計をすませ、病院をあとにした。

病院を出たあと、さすがに北原は泣きやんでいたが両目がほんのり充血している。

「元気の出る場所へ行こう」

そう言うと北原は赤い目をちょっとだけ大きくさせた。

病院の裏手に、山、というより小高い丘といったほうがいい場所がある。

斜面にはアスレチックがしつらえられ、小さな東屋（あずまや）まで。

小一のときの遠足がこの公園で、その後も何度か親に連れてきてもらい、五歳年上の姉にアスレチックでおまえ男なのにこんなこともできないのかと、ずいぶん泣かされたことを今でもよく覚えている。北原が呟いた。

「ここ、来たことある」

「いつ？」

「幼稚園の遠足で」

「となり町の幼稚園の遠足はここなんだな。俺は、小一のときの遠足」

夕方と夜の境目の時刻、公園にはだれもいなかった。

犬を散歩させる人も、親に連れられて遊ぶ子どもも、ジョギングをしている大人もいない。

アスレチックや遊具が小さな丘に守られるようにして黙りこくっている公園は、俺と北原のためだけに用意された場所のようだった。

東屋に入り、北原を座らせた。

北原は物めずしそうにしばらく東屋の中をきょろきょろとしていた。

「ごめんな。俺が病院に行こうって言ったばっかりに、こんな思いさせて」

「ううん、わたしも、ごめん。お医者さんに問いつめられて、つい本当のこと言っちゃったの。三倉くんを、傷つけた」

「俺よりもおまえのほうが傷ついてるはずだ」

北原が首をふり、ツインテールがぴょんぴょんと小さく跳ねた。

「おまえ、ほんとに身体、どこも悪くないのか」

「うん。でもわかんないよね。本当のところは」

「そうだな。俺にもわからない」

「そうだよね」

強い風が東屋の中にも吹きこんでくる。

九月の秋分前の夕暮れは、まだ暑い。湿った風は夏の匂いを残していた。

「ねぇ、三倉くん」

「うん」

「三倉くんが何もできなかったって言った、親友の話をして」

そこでちょっと言いよどみ、いやだったらべつにいいよと付けくわえる。

頭の中で、恭太の微笑みが広がる。

苦い思い出は今も苦いままで、きっといつになっても乗り越えられないものとしてくっきり記憶に刻まれるだろう。

「いいよ、北原なら」

北原が俺の顔を覗きこむ。さっきまで泣いていたから、少し目が赤い。

「そいつは、クラスでもよく目立つ、元気がよくて勉強もできて運動もできて、まぁいわば、パーフェクトな男だったんだ。小六のときクラスで浮いてて休み時間のたびに図書室に逃げこんでた俺にも、何読んでるの？　って普通に聞いてくるやつだった。ひとりぼっちの俺に同情したとか、そんなんじゃない。ただ、普通に、純粋に、俺に興味を持ってくれたんだ」

今から思えば恭太との日々が、俺の黄金期だった。

恭太のグループに入れてもらった俺は、それまで知らなかったいろいろなことを覚えた。

となり町の駄菓子屋まで自転車を走らせること。

夜の廃墟の探検。

公園で大人に隠れて子どもだけで花火をやったり、ピンポンダッシュをやったり、小学生らしい悪さもたくさんした。

兄貴が持っていたというプレイボーイのグラビアを、ドキドキしながらみんなで顔を突き合わせてめくったのもあのころだ。

「今までクラスでいるのかいないのかわからないような存在だった俺が、そいつといるようになってから、はじめて女子から告白されたんだぞ」

「すごーい、スクールカーストの階段一気にうなぎのぼりだね！　で、その女子は？」

「断っちまった。まだ好きとか嫌いとか付き合うとか付き合わないとか、そういうのよくわかんないから、って」

「わぁー、男子って子ども」

「しょうがないだろ。付き合うならもっとかわいい子がいいって、本当のこと言って傷つけてもかわいそうだし」

「それが本音？　ひっどーい！」

ようやく北原の笑顔が見られたことに安堵(あんど)して、俺の気持ちも軽くなっていた。

だれかと笑って恭太とのことを話せるようになる日が来るなんて、ちょっと前までは想像もしていなかった。

「でもそいつ、死んだんだ。中学受験する日の朝、急性心不全で」

「え」

「まったく病気なんてしたことないやつで健康体そのものだったのに、人間ってわかんねえもんだよな」

死はあらゆる人間のもとに残酷(ざんこく)に降りそそぐ。

若かろうが年寄りだろうが、善人だろうが悪人だろうが、幸せだろうが不幸だろうが。

「そいつの夢は、宇宙飛行士だった。毎日のように俺と遊んでたくせに、ちゃんと塾にも行って勉強してたんだ。私立の中学に行っていっぱい勉強して宇宙飛行士になるって言ってたくせに。人間じゃなくて幽霊になって、宙に逝っちまった」

「どうしよう、三倉くん」

北原は泣いていた。

ぽろぽろぽろぽろぽろぽろ、後から後からこぼれる透明な涙を不覚にも美しい、と思ってしまった。

「どうしよう、三倉くん。わたしまだ、死にたくない。まだ十六歳で、将来の夢も決まってないのに。まだやってないこともやりたいこともたくさんあるのに。こんなに早く死ぬなんて、いやだ」

「大丈夫だよ」

皮肉にもそのとき、死の香りが強くなった。

近くにキンモクセイはない。

これは間違いなく、北原が放っている香りだ。

「北原は、絶対死にたくないって思っている。それが本物の気持ちなら、北原の言うとおり、運命は変えられる」

「本当⁉」

ぷんぷん、鼻孔（びこう）を刺激する忌々（いまいま）しい香りに抗（あらが）うように、深く頷いていた。

「七日目はずっと、一緒にいよう。もしおまえが苦しみだしたら、救急車呼んでやる。地震が来ようが雷が落ちようが、守ってやる。外から暴漢が入ってきたら、やっつけてやる」

「三倉くんは、ほんとに正義のヒーローだね」

泣きながら北原は言った。

透明な微笑みは、本当に天使みたいだった。

俺はたとえ火の中に飛びこんででも、この子を救わなきゃいけない。

7　占いとピアノ

日はすっかり落ちて、東のはしから夜が立ちあがっていた。

病院からの帰り道、金星がふたりを元気づけるようにぴかんと輝いている。

「おまえがまねした漫画って、どんなやつ？」

「少女漫画だよ。すっごくストーリーがいいんだ、絵もきれいで。なんなら、これから見に来る？」

すっかり涙の引っこんだ笑顔で無邪気に言われ、とまどった。

たしかに今度はうち寄ってってと昨日言われたが、さすがに昨日の今日だ。

いくらなんでも展開が早すぎるんじゃないのか。

「でも、俺がお邪魔したら悪いだろ。家の人とか……」

「今日はお父さん出張だし、お母さんも遅くなるって言ってたから、大丈夫」

「修也（しゅうや）さ……お兄さんは？」

「九時には帰るって」

頭の中で時間を逆算する。

今から北原の家へ行けば、二時間は確実に一緒にいられる。

二時間も、いったい俺は北原とふたりきりで何をすればいいんだろう。

もちろん少女漫画を読んでほしいと言っているんだから素直に漫画を読めばいいのだろうが、漫画を、しかも女ものを、二時間もだまって読めるわけがない。

だいたい、いよいよふたりきりになって邪魔ものがだれもいないとなれば、自分を保てる自信がなかった。

「三倉くん、今何考えてたー？」

俺の心中をさぐるような目つきで北原が顔を覗きこむ。

「何も考えてねぇよ」

「ウソだー。何かいけないこと考えてたでしょ」

「考えてねぇよ馬鹿」

「ムキになるところがますますあっやしー！」

そう言って北原はぐるりと俺の腕に自分の腕をまわしてきた。

シャンプーか何かの甘い香りがふわりと鼻孔に流れこんでくる。

「いいから、見に来なよ。せっかくだから、ふたりっきりになりたいし」

その言葉が俺の邪な気持ちに対するイエスを意味するのかどうか、恋愛経験のない俺にはわからなかった。

家の中はインテリアコーディネーターの母親が整えたんだろう、洒落たものであふれていた。

玄関の馬鹿でかいシューズボックスの上にならべられた陶磁器、リビングに飾られた高そうな水彩画、ソファーの上にはバランスよくいろいろな形のクッションが誇り高い顔をしている。

「コーヒーと紅茶と、あとカモミールティーがあるよ。ルイボスティーも」

「普通にコーヒーでいい」

出てきたコーヒーは普通のインスタントだが、やはりマグカップが高そうだ。

百均で買ってきた食器があふれかえっている我が家の食器棚とはまったくちがう、きちんと「見せる収納」になっているガラス張りの背の高い食器棚を見つめながら思った。

「三倉くん、何じろじろ見てんのー。ひとん家に来て、失礼すぎ」

「いや。そりゃ、見るって。北原って、本当にお嬢なんだな」

「お嬢ってほどでもないよー。まぁたしかに、お兄ちゃんは私立の四大行ってるし。わたしも中学受験する？　とは言われたけど」

「俺も言われた。べつに普通に公立でいいって言ったけど」

「わたしもいやって言っちゃった。単に、勉強するのがめんどくさかったから。高校は、うちの地域って私立行こうとするとどこも遠いじゃない？　朝ぎりぎりまで寝てたいから、近くの公立にしたの」

「――おまえ、そんな思考で生きてたら絶対人生崩壊していくぞ」

「ひどーい‼」

俺の下心もなんのその、無難な談笑が繰り広げられていく。

コーヒーを飲み終わったところで、北原はようやく自分の部屋に俺を案内してくれた。

姉がいるから女子の部屋がどういうものか、まったくわかっていないわけではないが、たぶん同級生の女子の部屋に入るのは小学校二年生とか三年生とかそれ以来のことだ。

いやでも、心臓がバクバク反応してしまう。

「どうぞー。散らかってるけど」

全然、散らかってなんかいなかった。

全然、姉の部屋とはちがってた。

ピンクの花柄のカーテンにお揃（そろ）いのベッドカバー、ベッド脇にならべられたアプリのアイコンと同じテディベアたち、学習机に少女漫画がいっぱいの本棚。

洋服かけには、白いワンピースがふんわりとかかっている。

ここで北原が息をして、勉強をして、時に友達を招いて、寝ている。

そのことを思っただけでますます心臓が高鳴りそうになる。北原は俺の複雑な心中なんてつゆ知らず、本棚に歩みよった。

「ほら、これが例の少女漫画！　ね、絵、すっごいかわいいでしょ？」

それはいかにも女子が好きそうな、俺が苦手な目をでかく誇張したファンシーな表紙だった。

まったく読む気にはなれないが、ここまで来てしまったのでしかたなくページをめくる。

「ほら、この巻のこのシーン！　ね、授業中にメッセしてるでしょ？」

「ほんとだ。先生に見つかるところまで一緒だな」

「だよね、ほんとに見つかっちゃうんだね」

「ほんとに見つかっちゃうんだよ」

顔を突き合わせて笑いながら、思いのほか北原の目も鼻も唇も近いところにあるのに気付いてあわてて身体(からだ)をはなす。

なんとか動揺(どうよう)をしずめたくて、本棚をながめた。

少女漫画の他には、お菓子作りや料理の本、編み物や手芸の本。

北原はどこまでも女子だ。

片すみに黒い表紙の「人生を変えるタロット占い」という本が、目にとまった。

「おまえ、タロット占いなんてできんの?」

北原がさっと顔をあげ本棚を見て、あぁ、とその本を取りだしてくる。

ムック型の分厚い本で、解説書とカードがセットになっていた。

「女の子はね、一度は占いにハマるもんだよー」

「じゃあ、できるんだ? タロット占い?」

「三倉くん、占いとか信じるの? 馬鹿にしてそうだけど」

「たしかに馬鹿にしてたけどな。でもこの際、占いでもなんでもいいから何かにすがりたい気分だよ。運命を変えるって、おまえ、言っただろ? タロットが運命を変える方法を教えてくれるかもしれねぇじゃん。なんせ、人生を変えるタロット占いなんだろ?」

「運命を変える、か。じゃあ、やってみようか!」

北原はフローリングの上にさっそくカードをならべだした。

七十枚はあるだろう、本の表紙と同じ黒に金の模様が入ったカードを白い手でぐるぐるかきまぜる。

かきまぜたあと器用にシャッフルし、一枚一枚、カードをならべだした。

ならべかたに何か決まりがあるらしいが、何をやってるのかまったくわからない。

「そのならべかた、何か意味があるのか？」

「あるけど、そんなこと説明してたら一時間はゆうに越えちゃうよ」

「一時間……」

「三倉くん、占いは勉強なんだよ。勉強しないと、ちゃんとできないの」

言葉どおりうんと勉強したんだろう、いかにも占い師らしい手つきで、北原が一枚一枚、カードを裏がえしていく。

「あ、魔術師が正位置で出た」

「何だそりゃ」

「状況を自分らしくアレンジできるよ、ってこと。つまり、運命は変えられるって」

「それ、すげぇいいじゃん！」

うん、と北原がひとつ大きく頷いた。

「それにね、このカードって恋の始まりも示してるんだ」

「……へぇ」

つい、突き放した口調になってしまった。

北原が本当のことを言っているのか、それとも俺に気があってウソをついているのか、わからなかった。

「あ、次は女教皇。これも正位置で出てる」

「さっきから何なんだよその、正位置って」

「タロットカードはね、そのまま出るか、逆さまに出るかで、意味が違うの。逆さまに出ると、普通とは逆の意味になる」

「なんか、難しいんだな」

「難しいよ。で、このカードはね、とっても難しいカードなの。高い知能を持った女性が問題に関わる、って」

　高い知能を持った女性、でとっさに思いついたのは今日の鉄仮面教師だ。

　それは、あの鉄仮面教師のおかげで結果的に俺と北原の距離がちぢまったということの証明なんだろうか。

　それとも、高い知能を持った女性が北原を殺そうとしているとか？

　いや、さすがにそれはない。北原はだれからも恨まれる女じゃない。

　強(し)いて言えば坂野(さかの)だが、坂野たちは高い知能を持った女性ではまずないだろう。

「あ」

　次にカードをめくって、北原が声を失った。

カードの上に置いた手がそのまま、かたまっている。

「どうしたんだ」

「ダメだよ、三倉くん」

「ダメって、何が」

次に返ってきた北原の声は、ふるえていた。

「吊られた男の逆位置だよ。全部が無駄になる、って出ちゃった」

たかが占い、と心のどこかで思っていた。

きっといい結果が出て、俺たちを導いてくれて、北原を元気づけてくれるものだと信じていた。

北原よりも俺のほうが馬鹿だ。

どんな結果が出ても受け入れられないなら、占いに委ねるべきじゃない。

どうしよう、どうしよう、どうしようと何かの呪文のようにひたすら繰り返す北原を落ち着かせるのに、一時間以上かかった。

リビングに連れて行き、今度は俺が北原のためにカモミールティーを淹れてやる。

ソファーに丸まって悲愴な顔でテレビを見ている北原は、ありがとうとウサギの柄のテイーカップを受けとった。

「落ち着いたか?」

「少しは」

北原がゆっくりとカモミールの液体を喉に流しこんで、ティーカップをテーブルに置いた。

「なんか、上手くいかないね」

「そうだな」

「病院では頭がおかしいと思われちゃうし、占いではあんな結果が出ちゃうし、踏んだり蹴ったり」

「なんとか、なるさ」

なんとかなるって、なんでそんなことが言えるんだ。

根拠はなんなんだ。

俺はどうしてそんなに無責任なんだ。

自分の無力な言葉を責めたかったけれど、北原は小さく首を縦にふってくれる。

「そう思わなきゃ、いけないよね」

「そうだよ。運命と、闘うんだろ?」

「闘う」

やっと北原が笑ってくれた。そのことにようやく安堵した。

「それにしても、でかいリビングだな」

「お父さんとお母さんがすごいこだわって建てたみたいだからね、この家」

「おまえ、ピアノ弾けるの?」

リビングの片すみにボルドーのカバーをかけられたアップライトピアノが置いてあった。上には発表会の時のものだろう、桜色のワンピースを着た幼い北原の写真がいくつも写真立てに収められている。

「弾けるよー。幼稚園から中三まで、やってたの。受験のときにやめちゃったけど」

「それって十年ぐらいやってるってことだろ?　すげぇじゃん」

「中学のときはね、合唱部だったんだ。歌うほうじゃなくてピアノ、弾きたくて。うちの地区の合唱部、数が少ないから、弱小だけど地区予選とかなくていきなり県大会なの。そのときの写真、ピアノの上のいちばんはしにあるよ」

セーラー服に身をつつんだ十人ほどの女子たちのすみっこに北原はいた。

教室の中では目立つ坂野たちに押されて存在はうすいが、こうしてみると改めて北原がかわいいことに気付かされる。

目がでかくて、鼻がすらっといい形をしていて、ほどよく厚みのある唇が健康的な色気を放っていた。

「結局、銅賞だったけどね。練習不足だったからしょうがない。ピアノはすごくよかったって、先生、褒めてくれたよ」

「ピアノ、俺も昔習ってたんだ」

「そうなんだ！　三倉くんピアノ上手そう」

「たぶん北原のほうが上手いよ」

一瞬迷ってから、言った。

「聴かせてほしいな。ピアノ」

北原が少し困った顔をした。

「今、褒められたって言ったけど、全然そんなもんじゃないよ⁉　ほんと、下手くそなの。下手くそなんてレベルじゃないの。ゴミ以下なの」

「いきなり卑屈になりすぎだろ。十年がんばっててゴミ以下なんてこと、ねぇよ」

北原は迷ったように目を泳がせた末、頷いた。

「じゃあ、少しだけ」

北原の手がボルドーのカバーをめくる。

それはアラベスクの一番だった。

ピアノの上で、星が転がる。

大きな星、小さな星、赤い星、青い星、白い星、遠くの星、近くの星。

星たちを見守るように、月が輝く。

月はだんだん満ちていって満月になり、やがてゆっくり欠けて、すべての星たちを見届けたというように最後はうんと細い下弦の月になって、やがて新月が訪れる。

星がいちばん美しく見える、新月の夜。

北原のアラベスクは、月と星の共演だった。

北原の目が輝き、頬が生き生きと輝き、唇が歌い出しそうになる。

北原は最高に楽しそうだった。

「……どう？」

演奏を終えたあと、やっぱり少し自信なさげに言う北原に、俺は力いっぱいの拍手を贈った。

「最高だ。なんだよおまえ、ほんとにめちゃくちゃ、ピアノ上手いんじゃん。何がゴミ以下だよ、ウソつきやがって」

「違うの、三倉くん。わたしほんとに、ちっともピアノ、上手くないんだよ。こんな小さい手で、ミスタッチも多くて、こんなんじゃとてもピアニストにはなれない、って」

「たしかにおまえのピアノはミスタッチも多いけれど、でもそれ以上のものがあるよ。感性の部分っていうか、表現力がすばらしいよな。ピアノ弾いてるときのおまえ、めちゃくちゃ楽しそうだったぞ」

「本当？」

「本当に」

ピアノのほうをむいていた北原が、くるりとしてむきあった。椅子（いす）がガタンと小さく音を立てた。

「じつは、これ、まだだれにも言ってないんだけど」

「うん？」

「わたし、将来幼稚園の先生になれたらいいなって、最近、思ってるの。ピアノ弾けるし。小さい子、好きだし」

幼稚園の先生になった北原を少し想像してみた。

想像以上に、大変な仕事だろう。

北原みたいなのが先生になったら子どもから馬鹿にされるかもしれないし、保護者からはいちいちクレームつけられるかもしれない。

でも俺は、そう言わなかった。

「なれよ。幼稚園の先生」

「え」

「おまえは、いくつになっても子どもの視点で物事を考えられる稀(まれ)な大人だ。そういうやつは絶対、いい先生になれる」

心から、そう思ってた。

俺の能力が正しければ、北原はあと四日で死んでしまう。

でもその運命をふたりで手を取り合って、変えたいと思った。

この先もずっと一緒に北原といて、北原が幼稚園の先生になった未来を想像してみた。

きっとそのとき、北原は笑っている。

ピアノを弾いて、子どもにかこまれて、今より少し大人になった顔で、めいっぱい笑ってる。

「本当⁉」

「本当だよ」

「うれしいー！　じゃあ、今度の進路相談のとき、先生にそれ、話してみるね。幼稚園の先生になれる大学、行くよ」

「そうしろよ。なんでもまず、挑戦してみることって大事だ」

「ねぇ、三倉くんの将来の夢は？」

問われて、答えられないことが恥ずかしかった。

ずっと世界に背をむけて、人を避けて、だれとも関わらないことをポリシーとして生きてきたから、この世界で何をするべきなのか。

俺はまだちっとも、考えたことがない。

「わからない。まだ考え中」

「じゃあ、三倉くんよりわたしのほうが大人だね」

「なんでだよ」

「自分という船が進む羅針盤を持っているか、持ってないかの違い」

「悔しいけれど、そう言われると俺も真剣に考えなきゃって気になるな」

「そうだよね。先生にも言われたけれど、いつまでも子どもの気持ちでいたらいけないもん」

俺たちは必ずいつか、ちゃんとした大人になる。

まだ大人の途中段階でも、すでに大人への道は拓かれている。

いつまでも世界に背を向けてたら、人生を崩壊させてしまうのは俺だ。

「三倉くんもピアノ弾けるなら、なんか連弾したいな」

「俺、久しぶりだからな。簡単なのならたぶん弾ける」

「エーデルワイスは？」

「小六の発表会でやった」

「じゃあそれ！」

リビングの椅子を引っぱってきてふたりならんで座って、エーデルワイスを弾いた。俺が低音部、北原が高音部。

あまりにメジャーだけどちゃんとピアノ連弾用にアレンジされていて、きちんと弾こうとするとなかなか難しいこの曲が、奇跡のように一発でぴたりと合って、俺たちはふたり、顔を見合わせて笑った。

音楽は人種も国境も性別も、すべて超えてくれる。

がたん、と玄関で音がしたのはピアノの前でふたりで語り合っていたときだった。

想定していなかったわけじゃないが、すっかり楽しい時間に夢中になって九時に修也さんが帰ってくることを忘れていた。

「玄関に男ものの靴があるけれど、だれかいるのか？」

尖った声が北原を呼んで、北原はあわててかけていって、もどってくるとバツが悪そうに修也さんを連れていた。

修也さんは憤りを隠さない顔で俺を睨みつけた。

「すいません、こんな時間までお邪魔して」

「本当にそうだ。今何時だと思ってるんだ」

「すぐ帰ります」

荷物をまとめ、あたふたと玄関に走る。

背中に北原の戸惑いの視線と、修也さんの鋭い視線を感じる。

「お邪魔しました」

気まずい雰囲気を残したまま、俺は北原家をあとにした。

数歩歩いてふりむくと、北原は自分の部屋のカーテンを開けてこっちを見ていた。

俺に気付いて、にっこりと手をふる。

手をふりかえし、歩きだした。

たとえ手ごわい兄貴の反対があったからって、あふれる思いを抑えられるわけじゃない。

8　敵意と悪意

四日目。

朝起きて我知らず、不吉なカウントダウンをしてしまう。

俺の能力が真実の力を持っているなら、北原(きたはら)は今日を入れてあと四日でこの世から消える。

今日はスマホにメッセージは来ていなかった。

支度(したく)をすませてから学校に行くまでの間、おはよう、と送る。

教室に入ると、北原の姿はなかった。

かわりに坂野(さかの)の過激な恋バナがいやでも耳に入ってきて、茂木(もてぎ)が語るサッカー部での武勇伝（要は自慢話）が鬱陶(うっとう)しい。

どうして高校生たちはこうもおしゃべりなんだろう。

青春を楽しみまくっている連中の、教室での馬鹿騒ぎ。

いっそお祭り騒ぎ。

みんな黙れ。

「三倉(みくら)くん」

声をかけてきたのは、意外な人物だった。

北原と同じグループで、俺にあからさまな敵意を抱いている石澤藍(いしざわあい)。

「なんか用か」

「そう、用」

石澤のかたい顔からは、何を考えてるのかまったく読みとれない。

おかっぱと形容したほうがいい真っ黒いショートカットに、切れ長の少し釣り目気味の目がややきつい印象をあたえている。

「教室の中では話したくないことだから、ちょっと外、来て」

「北原のことか？」

「まぁ、そうね」

「体育館裏でいいか？」

「いいわよ」

少しはなれて歩き出す俺たちの横を、それぞれの教室を目指す生徒たちが通りすぎて行く。

　我が校の体育館裏は雑草が手入れされずそのままだ。春には淡いピンク色の花びらを風に舞わせていた桜の木も今は虫食いだらけの真緑で、さびしい印象を放っていた。

　ここが告白だったり、逆に別れ話だったり、あるいは先輩からの呼び出しだったり、あらゆる人に聞かれたくない話をする場所として生徒たちの間で使われていることを俺は知っていた。

　まだ朝だからか、先客の姿はない。

「それでおまえ、話ってなんなの？」

「うん。三倉くん的に、わたしってどうなのかな、と思って」

「は？」

　間抜けな声が出た。

　そこで石澤がはじめて俺を見た。

　切れ長の目がちょっと細くなって、うすい唇に笑みが浮かんでいる。

　不気味な笑い方だった。

「どういう意味だよ」

「三倉くんの彼女に、わたしが立候補しようかなって言ってるの」

　たっぷり十秒、間があった。石澤の言葉をすぐには呑みこめなかった。

この女はいったい何を言っているんだ。

「わけがわからない。おまえ、俺のこと嫌いじゃないのか」

「いつわたしがそんなこと言ったの」

「いや。そりゃ言われてないけど」

「わたしは好きよ、三倉くんのこと」

石澤がまっすぐな目を俺にむけていた。笑みは引っ込んでいた。

「陽斗美(ひとみ)はやめて、わたしにしない？」

「は？　意味わかんねぇよ、おまえ何言ってんだよ」

「陽斗美と別れてわたしと付き合ってほしいって言ってるの」

「そんなことできるわけねぇだろ！」

「そんなに陽斗美が好きなのね」

「好きだよ！」

こんな女にこんなこと言いたくないのに、だいたい北原本人にだってまだちゃんと伝えていないのに、俺の気持ちは大声になってむなしく空にはじけた。

「じゃあ、いいわ。そのかわり、今すぐここで、恋人らしいことしましょう」

しゅ、と石澤が勢いよくブラウスのリボンをほどいた。

「は？」

リボンはひらひらきれいな螺旋を描いてコンクリートの上に落ちていった。

「ちょうど今、だれもいないし。それで満足しておいてあげる」

石澤がブラウスのボタンを上から順に外していく。

「何言ってんだよ」

ボタンがどんどん、外れていく。

一番目、二番目、三番目。

ひかえめなふくらみがあらわになったとき、ようやく俺は我にかえって動き出した。

石澤の右手首を思いきりつかんだ。

「何やってんだよ、やめろよ」

「やめない」

「やめろっつってんだろ！　俺はおまえなんか興味ない‼」

カシャカシャカシャ、とシャッターの音が連続する。

ふりかえると、坂野たち四人組がいた。にやにやしながら、俺たちの写真を撮っていた。

「やば、決定的瞬間おさえちゃった！」

「まじドスクープ‼」

「おまえら――」

俺が追いかけようとする前に、坂野たちは短いスカートを翻して校舎にかけていった。

ふりかえると石澤は淡々とボタンをもとにもどしていた。

一度だけちらりと俺を見て、勝ち誇ったような顔をした。

ハメられた、と気付いてあわてて教室に走った。

それはすでに手遅れで、教室の中はまさしく蜂の巣を突っついたような騒ぎになっていた。

「うわ、無理やりでしょこれ」

「藍がおとなしくて断れない子だって知っててそんなことしてんだ」

「三倉ってあんなんだけどこんなのはしないって思ってたんだけどな」

「三倉まじありえねー」

「サイテー、同じ男として引くわ」

好き勝手な声が聞こえてくる。

たしかにあの状況で写真だけ押さえられたら、俺が石澤を無理やり脱がしているととられるだろう。

ガランと引き戸を勢いよく開け、教室全体を睨みつけた。

　ある者は軽蔑（けいべつ）した目で、ある者は好奇心に浮かれた目で、ある者はドン引きした目で俺を見た。

　反射的に北原の姿を探していた。

　北原は前園（まえぞの）たちと一緒にいた。

　坂野が北原の前にスマホの画面を押しやっていた。

「三倉くん、サイテー」

　目に涙を浮かべ、北原はそれだけ言った。

　長い髪をゆらして教室を出ていく北原を前園と金原（かねはら）が追いかける。

　修羅場（しゅらば）だ、とだれかが言った。

　針の筵（むしろ）、という言葉があるが、その日の俺はまさにその状態だった。

　もともと人と距離を置いて付き合ってきたが、こうまで露骨に他人から遠ざけられ、いじめられ、挑発されることには慣れていなかった。

　おとなしい女子たちは恐ろしいものを見る目で俺をチラチラうかがっていて、前園たちは許せないといった顔で睨（にら）んでくるし、高崎（たかさき）たちはずっと教室のはしっこでひそひそとウワサ話をしていた。

俺のことを言われているというのは、話を聞かなくてもわかる。

最低なことに体育はバスケットボールで、スクールカースト最上位の男子たちからことごとくいじめられた。

パスを取ろうとしたら横からわざとタックルをされてしかも謝らず無視。

わざとボールをぶつけてくるやつもいれば、何も反則行為をしていないのにレッドカードだと審判役の男子に言われ、その後強制的に見学をさせられた。

教師の見ていないところで、見つからないところで、高校生たちは巧妙に陰湿にいじめをやる。

昼休み、購買で焼きそばパンとコーヒー牛乳を買って、トイレに行ってもどってくるとふたつがなくなっていた。

ふりかえると坂野が焼きそばパンを頬張り（ほおば）、水木（みずき）がコーヒー牛乳をちゅうちゅうと吸っていた。

やることが小学生レベルだが、ふふんと鼻を鳴らしている坂野を見ると何も言えなくなる。

ここで下手（へた）に挑発に乗ったら、俺の負けだ。

俺がやられていることは明らかに間違っていることで、それに屈したらいけなかった。

プライドくらい、ちゃんとある。

悪いことは続くもので、その日の帰りがけ、電車を降りたとたん雨まで降りだした。
それもぱらぱらの霧雨（きりさめ）じゃなくて、気まぐれなこの時期に相応（ふさわ）しい本気の大降り。
傘を持っておらず、駅前のコンビニでビニ傘を買うほどの小遣いもなく、びしょ濡れで家についた。

「わぁ、そんなに濡れちゃって、大変。ちょっとあんた、そのまんま家あがらないでよ。今バスタオル持ってくるから」

パートから帰ってきたばかりの母親が俺を見るなり、驚いたのとあきれたのとがないまぜになった声を上げ、洗面所に走っていった。

使い古されてごわごわになったバスタオルで、自分をぬぐう。

こんなときなのに、いやこんなときだからこそ、母親の当たり前の気遣いが身に染みて、不覚にも目頭（めがしら）が熱くなった。

「ちょっとあんた、何目ぇうるうるさせてるの」

敏感なのか鈍感なのかわからない母親が、ぎょっとした顔で俺を見る。

「いや。タオルありがとう。母さん」

「何それ気持ち悪い。ほら、着替え洗面所に置いといたから、さっさと着替えてきなさい。その制服も今なんとかしてあげるから」

息子の素直な言葉を素直に気持ち悪いと言い放つ、その無骨さが今は何よりの救いになった。

うちは北原の家と違って、決して裕福ではない。

ふたりの子どもを育てあげて大学まで出すため、質素な家に住んで、共働きで高くはない給料でがんばってやりくりしている。

母親は典型的な田舎(いなか)のおばさんできれいでも美しくもなくて、父親はメタボ腹をゆらす近年頭がうすくなってきたサラリーマンだ。

ふたりを見ていると自分も将来こうなるのかと悲観しそうになることもときにはあるが、三人でテレビを見て笑い合いながら夕食をかこむときは、将来こうなってもべつにいいような気がする。

「雅時(まさとき)、最近ちゃんと勉強してるんでしょうねぇ？　スマホ買ってやってから、毎日スマホばっかりいじってるんじゃないの」

「そんなことねぇよ」

「まったく、もうちょっとがんばったらもっといい高校に行けたのに。あんたは昔から根性が足りないんだから」
　口の中のコロッケ（母親のパート先の総菜売り場のあまりもの）が苦くなる言葉だった
が、事実なんだからしょうがない。
　本命に落ちてしかたなくうちの高校に通っている連中を普段から馬鹿にしてはいるが、
なんのことはない、俺も受験のとき担任に「この成績ならもっとレベルを下げたほうがい
い」と言われ、今の高校に決めただけだ。
「まぁ、母さん、そんなにグチグチ言わなくてもいいじゃないか、すぎたことなんだから。
これからがんばればいいんだから」
「お父さんはいつも雅時に甘すぎるのよ」
　姉が家にいたころは、こういう話になると姉も加担して一緒に俺をいじめてくるので、
ダイニングルームの椅子の座り心地が悪くてしかたなかった。
　成績優秀でピアノも上手かった姉は関西の大学に通っている。
「雅時、将来のこと考えてるの？　あと半年で二年生になるのよ、理系か文系か決めなく
ちゃいけないんだから」
「雅時は数学が得意だから理系だろう」
「そういうことで進路は決めるものじゃないの、将来何になりたいか考えて選ばなくちゃ

いけないの。まったくお父さんがこんなんだから、雅時だっていつまでもこんなんなのよ」

揃(そろ)って「こんなん」呼ばわりされた男ふたりはちらりと目配せし、肩をすくめる。

口うるさい母親も、温厚な父親も、意地悪な姉も、俺は基本的に好きだ。

「ばあちゃん、俺は、どうすればいい？」

夕食を終えたあと、和室のすみにどっしりと鎮座(ちんざ)している仏壇(ぶつだん)にむかってひとりごちる。

菊の花にはさまれて、六十八歳で死んだばあちゃんが顔をしわくちゃにして笑っている。

記憶よりも少し、若いころの写真だ。

俺の能力の秘密を、教えてくれたばあちゃん。

家族の中でだれより、大好きだったばあちゃん。

あのころ、いやなことがあるとすぐばあちゃんのもとにかけこんでいたけれど、そのときから俺はちっとも変わっていない。

自分の力でどうしようもできないことがあると、この仏壇の前に座る。

でもばあちゃんは、何も言ってくれない。

9　愛情と衝動

五日目の朝が来た。

北原(きたはら)からはアプリをブロックされ、連絡がとれなかった。

いっそ学校なんて休んでしまおうかと思ったが、幼稚ないじめをするやつに負けたくなくて、家を出た。

「なんだよこれ」

学校に来てゲタ箱を見て、思わず声をあげた。

俺のゲタ箱が、ゴミ箱と化していた。

お菓子の食べかすやら洟(はな)をかんだあとの丸まったティッシュやらその他なんだかよくわからないホコリのかたまりみたいなものが、これでもかと言わんばかりに詰まっている。

入っていたゴミを処理しながら、思わず鼻で笑いたくなる。

今どきこんなベタないじめをするやつもめずらしい。いつの時代の青春ドラマだよ。

「あっ、ヤバいのが来たー」

教室に入ったとたん、坂野たちが色めきたち、前園や茂木たちが軽蔑の視線をむけ、おとなしい女子グループが逃げていく。

この状況をくつがえす術は、俺にはない。下手に逆らったら、事態はよけいに悪くなるだけ。

やりすごす、相手にしない、それが一番いい。

わかっていても、腹は立つ。

針の筵に座る思いのまま一日をなんとかやりすごし、放課後、俺は体育館裏にいた。

石澤のゲタ箱にルーズリーフに書いた短い手紙を入れて、呼びだすことにした。

空は憂鬱なブルーグレーで、重たい雲が今にも地上に届きそうだった。風がざわざわ、桜の梢をゆらす。

十五分ほどして、石澤はあらわれた。

茂木たちがやってきて暴力でもふるわれるのかと思っていたから、少しだけほっとした。

石澤は昨日と同じかたい顔をしていた。

「卑怯じゃないのな、おまえ」

「何が?」

「あの手紙見せて、茂木や坂野たちを連れてくるかと思った」

「あなたみたいな性根腐った人間にそんなふうに思われるのは心外ね」

「性根腐ってるのはどっちだよ」

石澤がにか、と笑った。

「ひどいこと言うのね。自分のこと好きだって言ってくれる女の子に」

「ウソ言うな」

「何がウソなのよ」

「おまえ、俺のことちっとも好きなんかじゃないだろう。態度や言葉でわかるんだよ。なのにあんなことをしたのは、俺を陥れるためだ。坂野たちだって、あらかじめしめし合わせといておまえが呼んだくせに」

石澤がまた笑った。声を立てて笑った。

かかかか、という音がブルーグレーの空にのぼっていく。

「さすが三倉くん。頭だけはいいのね。そうよ、全部あなたの推理どおり」

「なんでそんなことしたのか、教えろよ。そうじゃないと納得がいかない」

「どうしてわたしがそんなこと言わなきゃいけないの？　このままだとやがてウワサが先生にまで広まって、退学に追いこまれるから？」

「それがおまえの目的か」

石澤が笑顔をひっこめた。

名前のとおり石みたいな表情にもどる。

「柚たち、おもしろかったわよ。三倉くんをハメてやるって言ったら、ノリノリで。あなたってほんと、嫌われてるのね。楽しいくらい」

「悪かったな嫌われてて」

「悪いわよ」

少しだけ言葉尻がふるえる。

強い風が吹いて、坂野たちみたいに短くしていない石澤のスカートを持ちあげる。

「悪いわよ。あなたみたいにみんなから嫌われて、ひとりで本ばっかり読んでて、友達ひとりいなくて、クラスの嫌われ者。そんな男と付き合っていたら、陽斗美がかわいそう」

「だからって、あんなことしていいわけじゃないだろう」

この際、石澤が俺のことを嫌いだっていうのはべつにいい。

嫌われてもしかたのないことを、俺はしてきた。

だれをも見下して、だれをも馬鹿にしてきた。

北原のことだって、最初は馬鹿にしていた。

本音と建て前を使いわけることもできない、空気の読めない馬鹿女だって。

でも違った。一緒にいてわかった。

北原が、北原だけが、俺にとって尊敬できる存在なんだ。

「おまえたち、親友じゃなかったのか？」

そう言って、石澤をまっすぐ見つめる。

石澤は鋭い瞳で俺を睨（にら）みかえす。

「おまえのやったことが北原をどれだけ傷つけたか、わかってるのか？　坂野たちはおしゃべりだから、いつか北原に本当のこと言うかもしれないぞ」

「そうなったらそうなったで、そのとき三倉くんは学校にいなかったりして。あれだけウワサになってるんだもの、そのうち先生にも伝わって、しかるべき処分が下るでしょうね」

「ふざけるな」

声がふるえる。心がふるえる。足がわなわなする。

どれだけ言葉をつくしても、石澤に伝えられないのが、もどかしかった。

本当のことなんて、北原以外のだれにも言えない。

言ったらよけいに、北原を傷つけてしまう。

「おまえは親友の心をボコボコにしたんだよ。おまえのやってることは、俺だけじゃなくて北原まで泣かせたんだよ。大好きな友達にそんなことをして、苦しくないのか」

「苦しいに決まってるでしょう！」

大きな声を桜の梢のざわめきがかき消してくれる。

遠くで、野球部が練習するかけ声がしている。

「わたしがなんの迷いもなく、こんなことしたなんて思わないでほしいわ。苦渋の決断だったのよ。あの子をあなたから引きはなすには、これ以外なかった」

「どうしてそんなに俺が嫌いなんだ。俺と北原が一緒にいる、たったそれだけのことを、どうして認めてくれないんだ」

石澤が急に冷静な顔にもどった。

「決まってるでしょう、あなたのことが大嫌いだからよ。あなたみたいに自分だけが賢いと思って、他の人をことごとく見下してる人間が、本当はいちばん馬鹿なのよ。そんな馬鹿に、陽斗美をまかせられるわけないでしょう」

図星すぎて、言葉も出ない。

世界を敵にまわして生きてきたツケは、こんなときにまわってくる。

「だからって。だからって、おまえのやってることは絶対間違ってる」

「間違ってないわ。嫌われ者の三倉くんと付き合うことでこれから陽斗美が失ういろいろなものに比べたら、一時の涙なんてなんともないでしょう」

違う。

北原には「これから」がないかもしれない。

だから俺は今どうしても、北原のそばにいたい。

でも、それを伝えることは、どうしてもできない。

だまっていると、石澤はくるりと踵をかえしてゆっくり校舎のほうへ歩いて行った。

遠ざかっていく小柄な背中を見つめながら、自分の力でなんともできない苛立ちが胸の中でざわざわと真っ黒くうごめいていた。


ストーカー扱いされてもいい。

警察に通報されてもいい。

修也さんにボコボコにされてもいい。

そんな覚悟で、北原の家の前で待ち伏せすることにした。

北原はなかなかあらわれなかった。前園たちとお茶でもしているのか、そこで俺の悪口でも言っているのか。

そんなことを考えてしまって、待っている間ずっと落ち着かなかった。

夜が近づいてようやく空は晴れてきて、ブルーグレーの空が淡いオレンジに衣替え(ころもが)したころ、やっと北原があらわれた。

角を曲がって電柱の隙間(すきま)から家を見て、俺の姿を見て、ぱっと動きを止めた。

次の瞬間、北原は今にも泣きそうな顔になって、背中をむけた。

「待てよ！」

待てー、とドラマで犯人を追いかける刑事を見るたび、なんでそんなことを言うのかとあきれて笑っていた。待て、と言って待つやつがいるわけないと。

状況はまったく違うけれど、むしろ立場は逆だけれど、今は犯人を待てと叫びながら追いかける刑事の気持ちがよくわかる。

幸いなことに北原は足が遅かった。

教科書がつまった重たいリュックサックに走りづらいローファー、そのうえ典型的な女走り。

あっという間に何もないところで転んだ北原の前に、俺は立った。

起こしてやろうと手を伸ばすと、ぱちんとその手をふりはらわれる。

これぐらいは覚悟していたことなのに、いざここまで態度に示されるとさすがにショックだった。

「お願いだ、ちょっとだけでいいから、話を聞いてくれ」

「三倉くんとする話なんてない」

「なんでだよ。俺たち、通じ合ったじゃん。エーデルワイスだって、あんなにきれいに弾けた」

「それがなんなのよ！」

あの瞬間をありふれた言葉で否定された痛みが、心臓にぐさりと突き刺さる。

北原にとっても、俺は石澤にひどいことをしたひどいやつなのか。

俺はそんなに、怖い存在なのか。

「ちょっとでいい。ちょっとでいいから、俺の話を聞いてくれ」

「いや。聞かない」

「聞けよ」

「三倉くんとする話なんてない！」

北原の両手が耳をふさぐ。

すぐそばを通りがかった親子が見てはいけないものを見てしまったという顔で急いで通りすぎて行くけれど、そんなこと気にとめられないほど、俺は傷ついていた。

心のどこかで、期待してたんだ。

北原はまだ、俺を信頼してくれているって。
「なんで」
今にもとぎれそうな声がする。
耳をふさいだまま、北原が言う。
「なんで、藍(あい)にすること、わたしにしてくれないのよ」
言われていることがわからなかった。北原はふるえていた。
「なんでわたしじゃないのよ。藍なのよ!!」
叫び声が耳の奥へ痛く甘くしみこんでいく。
ようやく理解した。
北原は嫉妬(しっと)しているんだ。
おそらく、それが嫉妬だとも理解していない。
しゃがみこんでむきあっても、北原は俺を突きとばさなかった。
北原の耳をふさいでいる、そのふるえる手に、ゆっくり手を伸ばす。
そっと包みこんで、耳から外してやる。
北原は抵抗しなかった。
怯(おび)えた子犬みたいにぶるぶるしながら、俺の言葉を待っていた。

「あのな、北原。男は、本当に好きなやつには、あんなことしないんだ」

「え？」

北原がびっくりした顔で俺を見る。まぁるい目がビー玉みたいに澄んでいた。

「男は、本当に好きなやつには、あんなことしない。ゆっくりじっくり関係を深めていって、大切にするんだよ」

「そうなの？」

俺はひとつこっくりと頷いた。

「男の人って、そういう欲求抑えられないもんなんじゃないの!?　好きだったら無理やりにでも、服脱がそうとするんじゃないの!?」

「そんなやつも、いるかもしれない。でも俺がそうじゃないってことは、北原ならわかるだろう」

「わかる」

ようやく気持ちが通じ合って、ふたりの口もとがやわらかくなる。

俺はきっとこうなることを、心のどこかでちゃんと知っていたんだ。

一昨日ふたりで弾いたエーデルワイスの響きが、今も俺たちをちゃんと繋(つな)いでくれていると信じてた。

「ねぇ。三倉くんはわたしのこと、どう思ってる？」

北原がかすかに声をふるわせながら聞いてくる。

期待と不安の入り混じった目が、俺を覗きこむ。

笑顔で答えた。

「ずっとそばにいて、守りたいって思ってる」

「わたしも！　わたしも、三倉くんと同じ気持ち！」

立ちあがって手を伸ばすと、北原は握りかえしてくれた。

ふたりむきあって、おたがいちょっとテレて、にやっとして、北原がスカートの乱れを直す。

「だったらわたし、死んじゃいけないね」

「そうだよ、死ぬなよ」

「でも、現実には明日と明後日しかないんでしょう？　明後日、わたしは死ぬ」

「だからその運命と、ふたりで闘うんだ」

北原は何かを覚悟したように、ひとつ大きく頷いた。

「じゃあ、もう一度うちで作戦会議しよう！　今日もお父さんとお母さん遅いし、お兄ちゃん部活だから、家にだれもいないよ」

この前の修也さん帰宅事件を思い出すと、北原の家にあがるのは正直トラウマだったが、こんな話どこでもできるわけじゃない。

北原とふたりきり、じっくりゆっくりちゃんと作戦会議したかった。


ふたりきりのリビングで、石澤事件の真相を話した。

北原がどう受けとめるのか、正直怖かったけれど、北原は淡々と聞いていた。

途中からあからさまに元気がなくなり、最後はすっかり沈んだ表情になった。

「正直、信じたくない。藍が、そんなことするなんて」

「だよな」

つい数時間前に対峙した石澤の顔を思い出す。

俺に挑みかかるようにまっすぐむかってきた、ぶれのない瞳。

親友をなんとしてでも守ろうとする決意が、そこにあった。

「でも、石澤は石澤なりに考えて、それがおまえにとっていちばんいい方法だと信じてるから、あんなことしたんだ。やり方は間違ってるけど。むしろダメだけど」

「うん」

「これからも、石澤とは親友でいてほしい。あいつ、北原のこと大好きなんだからさ」

「三倉くんよりも？」

ちょっとだけ考えてから言った。

「いや、俺には負けるだろ」

北原は頰をちょっと染めて、くすくす笑った。

コーヒーを飲み終わったあと、北原の部屋で作戦会議をはじめた。

まだ使っていない真っ白なノートに、思いつくかぎりの明後日の対策を書き連ねていく。


『とにかく絶対、家から出ない』

『どこかが痛かったら、すぐ救急車を呼ぶ』

『窓ガラスを突き破ってくる暴漢に気をつける』

『トイレ以外はずっと一緒にいること』


「これくらいだな。俺らに思いつくの」

北原は残念そうにそうだね、と言った。

俺たちはどうしようもなく無力で、どうしようもなく子どもだった。

好きな女ひとりちゃんと守れるほどの力は、俺にはなかった。

守れないとわかってるくせに、死期だけはちゃんと察してしまう。

欠陥だらけのこの能力が、心底恨めしい。

「ねぇ。今もわたしの匂(にお)い、してる？」

「してるよ」

キンモクセイの香りなんてとどかない部屋の中で、学習机の上でアロマディフューザーがレモングラスの水蒸気を発しているにもかかわらず、その香りはびんびん俺の鼻孔(びこう)を刺激する。

そうなんだ、と北原が肩を落とした。

「また、タロットに聞いてみようかなぁ？　運命、変わってるかも」

「いや、それはやめておいたほうがいいと思う」

「今度悪い結果が出たら本当に追いつめられちゃうもんね、わたしたち」

そっと、北原の細い肩に腕をまわした。

守りたいと思った。

抱きしめたいと思った。

死の香りごと、北原をちゃんと愛したかった。

北原は一瞬びくっとしたあと、その後はじっとしている。

まるで人に慣れてない猫みたいだった。

指の先でそっと、髪に触れる。

北原の髪はサラサラのすべすべでちょっと冷たくて、鼻を近づけるとシャンプーの香りがした。

死の香りよりも甘いその香りが、本能を刺激する。

「北原」

「なぁに？」

「キス、してもいいか？」

声はかえってこなかった。

びっくりしているのか、戸惑っているのか、その両方か。

北原は長い間何も言わず、返事のかわりにそっと顔をあげて俺を見た。

少し潤んだ目もグロスのとれた唇も、低いけど形のいい鼻も、全部が色っぽくて愛しくてたまらない。

思わず頬に軽く口づけて、すぐはなした。

一瞬だけど、永遠にも感じられるような長い時間だった。

北原が至近距離の俺を見て、恥ずかしそうに俯く。

すでに欲望が走り出していた。もっと深く北原と繋がりたかった。

その瞬間ぱっと北原が身体をはなす。

「ね、ねぇ三倉くん」

「うん」

「ゆっくり関係深めていくんじゃなかったの？」

「……ごめん」

「いや、謝ることじゃないんだけれど」

真っ赤になっている北原が心底かわいくて、また抱きしめていた。

北原はやっぱり抵抗しなかった。

「だって、おまえ、わかってるのか？」

「どういうこと」

「明後日、死ぬかもしれないんだぞ」

言いたくなかったけれど言いたかったことを言った。

アロマディフューザーがちかちか点滅して、動きをとめた。

かすかなモーター音までなくなった静寂に包まれた部屋のなか、俺は北原を抱きしめて言う。

「そうなったら、永遠に、その……できなくなっちゃうじゃねぇか」

「三倉くんはわたしとそういうことしたいの?」

「あたりまえだろ」

「そっか」

北原は小さく頷いて、それから顔をあげてまっすぐ俺を見た。

強い意志を宿した瞳が黒く輝いていた。

「でもね、三倉くん、わたしは死なないよ。生きて、生きて、生き抜いて、三倉くんとじっくり関係深めていって、ふたりともちゃんと立派な大人になってから、そういうことするの」

「おまえ…」

「死ぬかもしれないなんて、もう、絶対言わないで」

その瞬間、胸に抱いている北原からする香りが少しだけうすまった気がした。

北原は生きようとしている。

そしてその言葉どおり、ちゃんと生きる。

北原のまっすぐな瞳が、俺を信じさせてくれた。

「わかった」

ゆっくり、北原から身体をはなす。

「そのとおりにしよう。大人になるまでは絶対、そういうことしない」

「そうだよね。それがいいよね」

「あぁ。ゆっくり関係深めていこう。有言実行しないとな」

「うん！」

無邪気に笑う北原の頭をくしゃくしゃに撫(な)でまわすと、見えないしっぽが北原の背中でぴんぴんふられていた。人なつっこい子犬みたいに。

「でもね、わたし、三倉くんに抱きしめられるのけっこう好きだよ」

「え」

「もっと、抱きしめてほしいな。ベッドの中で」

「ベッドの中……」

思わず言葉を失うと北原がくしゃっと笑った。

「ベッドの中で、うしろからぎゅってしてて。ほんの五分だけでいいから！」

「い、いやそれ」

「なんで？　何かまずい？」

「すげーまずいよそれ！　俺にとっては単なる拷問(ごうもん)だぞ‼」

ベッドの中で抱き合って、平静でいられる自信がまったくない。

そんな俺の内心にはまったくかまわず、北原は平然と言い放つ。

「何かしたら迷いなくひっぱたくよ」

「ひっぱたくって、おまえ……」

「わたしね、こう見えてけっこうケンカ強いんだからね！　子どものときは何度もお兄ちゃんのこと泣かしてた」

そんな姿まったく想像つかないが、北原がそんなウソをつくわけないからたぶん本当のことなんだろう。

そして北原みたいなタイプほど怒らせたら怖いということも、なんとなく、勘でわかる。

あの修也さんが北原にひっぱたかれて泣いているところを想像すると、ちょっとだけ笑えた。

「何笑ってるの、三倉くん」

「いや、べつになんでも」

「ねぇー、抱きしめてよー。うしろからこう、ぎゅって！」

「わかったよ。わかったから」

ほとんど北原に押し倒されるような形で俺たちはベッドに潜りこんだ。完全に立場が逆である。

　うしろから抱きしめるとシャンプーの香りがもろに鼻孔を刺激して、腹に感じられる北原の背中は小鳥でも抱きしめているように温かくて、何より北原が普段寝ている場所であるという事実がいやでも俺を昂らせる。

　死の香りなんて気にならないくらい、北原自身の香りに包まれて、めちゃくちゃ興奮していた。

「ねぇ、三倉くん」

「なんだよ」

「つらかったら、楽にさせてあげてもいいんだよ」

「え」

「奈津が言ってた。男の人は我慢できないから、かわいそうなんだって」

「おまえの気持ちはうれしいけれど、いいよ、そんなことしなくて」

「ほんとに？」

「だって、なんかもったいねぇもん。ほんとは北原のこと襲いたいけれど、めちゃくちゃにしたいけれど、今はその衝動ごと、北原のこと抱きしめていたい」

　北原が俺の手に自分の手を重ねた。

とても温かい手のひらだった。

「わかった」

痛いぐらい北原のことが好きで、痛いぐらい衝動は大きくて、苦しくて、でもその苦しみこそ愛すべきものだった。

日がすっかり暮れて部屋が青い夕闇に染まるまで、ずいぶん長い間、そうしていた。

10　恋人と星空

あと二日、土曜日の昼すぎ。

俺は、このあたりの学生がよく待ち合わせにつかう大きな駅の改札にいた。

休日でお昼どきとあって、駅はにぎわっている。

手をつないで歩くカップル、おじいちゃんおばあちゃんまで揃ったファミリー、同じ制服に身を包んだボーイスカウトの子供たち。

すれ違う人たちをぼんやり眺めているうちに、北原はあらわれた。

「ごめん、待った？」

「いや、俺が早く来ただけだから」

時間ちょうどにあらわれた北原は、いつもはおろしている髪をくるりと巻いて、頬がほんのりピンク色で、部屋にかけてあった白いワンピースを着ていた。

胸元をビジューで彩ったカーディガンを合わせている。

足もとは、ワンピースと同じ色のミュール。

ファッション誌からそのまま飛びだしてきたような、見事なコーディネートだった。

「変……かな？」

「いや。変じゃない。すげぇかわいい」

通りすぎて行く大学生ぐらいの男子グループが北原のことをちらちら見ているのを、俺は知っていた。

こんなにかわいい子が俺の彼女なんです。

世界じゅうに叫んで自慢したかった。

「よかった。デートなんてはじめてだから、変じゃないか心配してたの」

「親……いや、お兄さんには、なんて言って出てきた？」

「奈津たちと遊ぶって」

「そっか。じゃあ、少しぐらい遅くなっても大丈夫だな」

こくん、と北原は勢いよく頷いた。

昨日、ベッドの中で抱きしめ合いながら俺たちは決めた。

明日も明後日も、ずっと一緒にいようと。

明後日は家の外に出られないから、そのぶん明日、すなわち今日は、めいっぱいデートしようと。

それは明日死ぬ可能性がゼロじゃない北原のためでもあり、俺のためでもある。

ぎこちなく手を握ると、北原はきゅっと握りかえしてきた。

さらにその手を大きくふり、人気アニメの主題歌まで歌いだした。

「おい、みんな見てるぞ」

「いいじゃん、見せつけちゃおうよ」

「恥ずかしいって」

「昨日のほうがよっぽど恥ずかしかったよ」

「……まぁな」

すっかりバカップルになった俺たちは、いつのまにかふたりで声を合わせてその歌を元気よく歌っていた。

「これね、ずっと観たかったの」

北原が選んだ映画は、最初は片思いで、でもどんどん距離が縮まっていって、両思いになってしばらく幸せが続くけれど、やがてヒロインが不治の病(やまい)に冒(おか)されてしまうという王道のラブストーリーだった。

映画館は、混んでいた。

今流行(はや)りの女優と俳優が出演しているせいか、あからさまに彼らのファンといった感じの同世代が多い。

同じ学校のやつと鉢合わせしないかとちょっと不安になったけれど、ぱっと見たところ知った顔はいなかった。

「三倉くん、映画館ではポップコーン食べる派？　食べない派？」

「食べない派」

「えーなんで！　ポップコーン、おいしいのに」

「あれ、マジで売るのやめたほうがいいよ。カリカリいう音、まわりの迷惑になる」

「三倉くんって冷たいようで、意外とやさしいよね。いつもちゃんと他人のこと考えてる」

そんなことを照れもなくまっすぐな眼差しで言うので、恥ずかしくて笑ってしまった。

決してやさしい人間なんかじゃないのに。

昨日だって襲いたくて襲いたくてしょうがなかったのに、それを止めるのに必死だったのに。

こんな俺でも、北原はやさしいと言ってくれる。

「でも北原がポップコーン好きなら、今日ぐらいはポップコーン食べてみようかな、俺も」

「本当⁉」

「塩とキャラメルがあるけどどっちにする？　両方ってのもあるぞ。真ん中でセパレートにして」

「両方‼」

欲張りな北原が子どものような声をあげた。

映画なんて普段ほとんど観ないから二時間も集中できるか不安だったけれど、緩急をつけたストーリーは最後まで飽きさせることなく頭に入ってきた。

中盤になってヒロインが倒れてからは、まさに怒濤の展開だった。

それまでほどよく取りいれられていたラブコメ要素は影をひそめ、シリアスなシーンが続く。

クライマックス、北原はとなりで声をあげて泣いていた。

死んでゆくヒロインに明日死ぬかもしれない自分を重ねていることはすぐにわかった。

ふるえる手の上にそっと俺の手を重ねると、北原は涙に濡れた目で俺を見つめた。

小さく頷くと北原も首をこくんとさせ、その後はふたりぎゅっと手を握ったまま、エンドロールまでスクリーンを見つめていた。

映画館を出てからも、俺たちは手を繋いだままだった。

もうだれに見られても気にならなかった。

そんなどうでもいいことよりもずっと大切な問題が、ふたりの間に横たわっている。

映画館近くのカフェに入った。

土曜日なのでここもぎっしり混んでいる。

カップル、中高生ぐらいのグループ、家族連れ、リタイヤ後らしき老夫婦。

二十分かかってようやく案内された席のとなりでは、俺たちより少し年下ぐらいの中学生らしき女子グループがぎゃーぎゃーと盛りあがっていた。

だれとだれが付き合ってるとか、別れたとか、そんなどうでもいいどこにでも転がってる話だった。

「何頼む？」

「よし、じゃあ、今日こそ俺のおごりだ」

「本当にいいの⁉」

「もちろん。この際だから、好きなもの頼め」

「やったー‼」

ようやく北原が笑ってくれた。

次の瞬間、店でいちばん高いスペシャルストロベリーチョコレートパンケーキというやつを頼まれた時は俺が泣きたくなった。

だいたいストロベリーなのかチョコレートなのかわからないネーミングだ。どっちを食べさせたいんだよ。

「おいしー!!」

三段重ねのパンケーキをもぐもぐ頬(ほお)ばる北原の前で、俺は財布の中身がじつはピンチだということを悟られまいと頼んだミルクレープをくずしていく。

正直、甘いものはあまり好きじゃない。

さっきのポップコーンだって、塩味ばっかり食べていた。キャラメル味はほとんど、北原の胃におさまっている。

あれだけ甘いものを食べておいてまたスペシャルストロベリーチョコレートパンケーキだ。

女子という生き物は普段、やれダイエットだ、やれ美容がどうのこうのだとうるさいくせに、どうしてこうも甘いものが大好きなのだろう。

「ねぇ、三倉くん」

半分ぐらいパンケーキを食べ終わったあと、北原がふっと声をもらした。

俺は胸やけがしそうだった。

「なんだ?」

「わたしからまだ例の匂い、してる?」

どう言うべきかしばし、迷った。

事実、甘いものとコーヒーの香りが漂うこの空間でも異質なその香りは確実に北原からしていて、その事実が泣きたくなるほど重たい。

運命なんて結局、変えられないのか。

「してないよ。もう、全然してない」

北原が俯く俺の顔をななめ下から覗きこむ。

「本当？」

「本当だよ」

「ウソついてない？」

「ついてねぇよ」

「よかった‼」

顔を上げると、北原は大輪のひまわりみたいに笑顔を咲かせていた。

「さっきの映画みたいにわたしが死んで、三倉くんがえんえん泣いてたら、どうしようって心の中で思ってた。三倉くんの言うとおり。本当に、運命って変えられるんだね」

やさしいのは俺じゃなく、北原だ。

北原はあの映画を観てたときも自分が死ぬことが悲しいんじゃなくて、自分が死んだあとに俺が悲しむことが悲しかったんだ。

何度でも思う。

絶対、死なせたくない。

カフェのあとはゲーセンに入った。

中学生になったころから人と距離を置いて付き合ってきた俺にとっては、恭太（きょうた）たちと行った小学六年生以来のゲーセンだ。

本当に久しぶりに入るゲーセンは知らないゲームであふれてて、クレーンゲームには名前の知らないぬいぐるみがいっぱいで、北原はきらきら目を輝かせて一台のゲーム機に走った。

手のひらサイズの小さなペンギンのぬいぐるみが山になっている。

ボールチェーンがついていて、カバンなどにもつけられるらしい。

「ピンクペンペンがいっぱいだよ！　三倉くん」

「ピンクペンペンって何だよ」

「見ての通り、ペンギンだよ。ペンギンなのに空が飛べて、宇宙人なの。ペンペン星から来たんだって」

どういう設定だ。

「ねぇー三倉くん、とってーピンクペンペン！」

「え、俺がやんの？」

「ねえとってよー、お願い」

「そんなに欲しいのか」

「欲しい！」

一回三百円は正直痛い。

そう思っていると北原が自分の財布から二百円を取りだした。

「三倉くんは百円でいいから。ね？」

金欠なのは、お嬢様の北原にはバレバレだったらしい。

気を遣わせてしまうのがみっともないやら情けないやらで、俺は複雑な気持ちでゲーム機にむきあった。

コインを入れる。アームを動かす。

左右に、次は上下に。

ピンクペンペンの山の中から、うまくボールチェーンにひっかけられそうな角度を探す。

「あ」

アームが一体のピンクペンペンのボールチェーンを捕らえて、北原が声をあげた。

高く持ち上げられ、そのまま出口へ移動していくピンクペンペン。

もろいアームから細っこいボールチェーンが今にも落ちそうで、はらはらする。

ことん、と小気味よい音がして、景品取り出し口からピンクペンペンが出てきた。

「すごい！　すごいよ三倉くん！　もしかしてクレーンゲームの天才なの⁉」

「いや、天才ってわけじゃ。今のはたまたま運がよくて」

「運も才能のうちだよ！　すごい、三倉くん‼」

そう言って北原が腕をからめてくるので、恥ずかしさと誇らしさが一緒くたになって腹の底からこみあげてくる。

「このピンクペンペンは、三倉くんのだよ」

「なんで？　おまえがとったんじゃないのかよ」

「初デートの記念に、三倉くんに持っててほしい。名前はひとみ」

「ぬいぐるみに彼女の名前つけて持ってるってどれだけイタい男だよ」

「いいからいいから！　肌身はなさず身につけてね」

無邪気に言われて無下(むげ)に否定もできず、しかたなくピンクペンペンを受けとった。

口もとでほんのり笑っているピンクペンペンが、明るい未来の象徴のように思えた。

「おまえの名前、変わってるよな。漢字ひと文字の瞳でもなく、ひらがなのひとみでもなく、陽斗美って」

ゲーセンを出て歩きだしながら言う。

夏の終わりの夕暮れが、少しずつ下界に忍びよっていた。

「太陽のような明るさと、北斗七星のようなやさしい輝きを持つ女の子になってほしい、ってつけたんだって」

「すごい考えてつけたんだな」

「でも、そんな立派な女の子になれてないけどね。わたし」

となりで宙ぶらりんになっている手を繋ぐと、北原が驚いた顔をした。

「大丈夫だよ。なれてるよ、じゅうぶん」

「……ありがとう」

下りの電車は遊びに行って帰る人たちで混み合っていて、にぎやかだった。

だれもがだれかと興奮気味に今行ってきた楽しい場所の話をしていた。

ちょっと前までだったらうるさく感じただれかの楽しそうな声も、幸せな今なら耳に心地いい。

「あのね、雅時くん」

はじめて、北原が俺の下の名前を呼んだ。

「わたしね、ずっと前から雅時くんのこと好きだったの」

「ウソだろ」

「ウソじゃないよ。春、高校に入りたてのころ、昼休みに奈津たちとおしゃべりしてたら、二年生が遊んでいたバレーボールのボールが飛んできて、わたしにぶつかりそうになったの。たまたまそこにいた雅時くんが、そのボール、ばしってはじいてくれた。そのあと二年生にむかって、おまえらもっと気をつけて遊べよって怒ったんだよ」

「……そんなこと、あったっけ」

本当に覚えてない。

おそらく俺にとっては毎日いろいろある出来事のひとつでしかなかったんだろう。

目の前にいる、この特別な女の子にとっては違うんだろうけれど。

「清乃は怒ってたよ、先輩に対してあんな言い方することないのにって。実際、そのあと困ったのわたしたちのほうだったし。雅時くん、言うだけ言ってさっさと行っちゃうんだもん」

「……ごめん」

「謝らなくていいよ。あのときからわたし、ずっと雅時くんのこと好きだったの。そうじゃなきゃ、あのとき保健室で雅時くんにお願いしてないよ」

そう言って、ちょっと恥ずかしそうに笑う。

そうか、この子はずっと俺のことを見ててくれたんだ。

だから最初から、あんなに俺にやさしかったんだ。

俺のことをつけてくるのも、その後付きまとったのも、ずっと好きでいてくれたからなんだ。

「雅時くんは、強い人だよ。いざというとき、立ち向かえる」

「バレーボールぐらい、だれだって立ち向かえるだろ」

「バレーボールじゃなくてたとえばわたしが明日、何者かに襲われても、雅時くんは立ち向かってくれるよ。そんな雅時くんに守られるなんて、わたし、幸せ者だな」

「そう思ってくれてよかった。陽斗美」

はじめてその名前を舌にのせると、陽斗美は大きな目をぱちくりさせて、そして顔をほんのりピンクに染めて微笑んだ。


デートのしめくくりは、丘に来た。

あの忌々しい病院でさんざんな目に遭った陽斗美をなぐさめた、あの丘。

日がすっかり落ちて夕空に星が輝きはじめている。

陽斗美がレースをあしらったかごバッグの中から線香花火を取りだした。

「やろうよ、これ」

「これって、用意してたのか？」

「うん、どうしてもやりたかったの」

「べつにいいけど、花火って夏にやるもんじゃないのか」

「まだギリギリ夏だよ！　今日だってけっこう暑かったでしょ？」

「陽斗美、花火、好きなの？」

「好きだよ、見るのもやるのも！　男の子とふたりで花火見るの、憧れだったんだ」

「陽斗美の憧れって、少女漫画の影響強いよな」

こつん、と陽斗美が軽くこめかみを小突いた。

「うるさいよ」

陽斗美の笑顔は夏の日の夕暮れみたいにきれいだった。

飲みかけのペットボトルの水をバケツがわりにして、ふたりで線香花火をはじめる。

ぱちぱち弾ける、小さな光。

最初はひかえめに。やがて激しく。

最後は蛍（ほたる）の光のような玉がほのかに輝いて、ぽとんと地面に落ちる。

二十本ある線香花火を、俺たちは一本一本地面に放っていった。

儚(はかな)い輝きが、一瞬のようにも永遠のようにも感じられるひと時を彩(いろど)っていた。

オレンジの光が陽斗美の横顔を下からぼうっと照らしていて、大きな目も小さな鼻もふっくらした唇も、この世の何よりも美しいものに見えた。

世界からすべてが消えて、俺と陽斗美のふたりきりになったみたいだった。

線香花火がすべて終わったあと、ふたりは東屋で身を寄せ合っていた。

「雅時くん」

「うん」

「幸せだね」

「あぁ」

「雅時くんと出会えてよかった。一緒にいてくれてよかった。雅時くんがわたしのことを好きになってくれてよかった」

「やめろよ」

それじゃあ、まるで本当に明日死ぬみたいじゃないか。

そんな、つまらないアクション映画の死亡フラグが立つシーンみたいな言い方、しないでほしい。

それでも鼻には容赦なく死の香りが流れこんでくるから、それを陽斗美自身の甘い香りで打ち消したくて、強く手を握った。

「これから俺たちは、ずっと一緒なんだ。一緒に大人になるんだよ！」

「できるかな、そんなこと」

「できるよ」

大きな瞳を覗きこんで言うと、陽斗美が目を潤ませて頷いた。

すでに日はとっぷり暮れて夜が訪れていて、東屋の丸太の間から星空が見えた。

ふたりで星座を探す。

あれが北斗七星。あれがはくちょう座。あれが夏の大三角。

「織姫と彦星って、かわいそうだよね。一年に一度しか会えないんだもん」

「なら、毎日会える俺たちは恵まれてるな」

「そうだね。好きな人に毎日会えるって、当たり前のことじゃないんだよね」

陽斗美が身体をすり寄せてくる。

俺はそっと肩に手をまわしてぎゅっと抱きしめる。

不気味なほどに甘い死の香りと、シャンプーと石鹸とほのかな汗の香りが混じり合う。

月並みな言い方だけど、こんなかわいくて素敵な女の子を愛して、愛されてる自分は、世界一幸せだ。

「親しい人が死ぬって、すごい悲しいし、やりきれないんだよ。恭太が死んだときも、どうしてあいつが、なんで自分は何もできなかったのかって、本当にどうしようもないくらい落ちこんだ。俺も死にたい、ぐらいまでいった。今はもう大丈夫だけど」

「そうなんだ」

「だから陽斗美のことは死なせない。何があっても、俺が守る」

たとえば明日、目の前にいて苦しみ出したところで、救急車を呼んでもその中で陽斗美は息絶えてしまうかもしれない。

俺に本当にどうにかできる力があるかなんて、わからない。

でも、負けたくない。

運命という大きなものから、最後まで逃げずに闘ってやる。

「わたし、死なないよ。死にたくないよ。明日も生きて、その先も生きて、雅時くんとずっとずっと一緒にいる」

「そうしよう」

抱きしめる腕に力をこめる。昨日とは違って、興奮はなかった。

ただ甘さと切なさと抗(あらが)いようもない痛みだけが、やさしく苦く胸を満たしていた。

11　運命と結果

あとゼロ日。

起きたとたん思わず、不吉なカウントダウンをしてしまう。

時刻はまだ朝の六時。

さっそくスマホをチェックすると、すでに陽斗美からメッセージが来ていた。

陽斗美も今日はだいぶ早起きしたらしい。

『お父さんとお母さんとお兄ちゃん、九時には出かけるって。だからそのくらいに来てほしいなぁ』

語尾にかわいらしくハートの絵文字がついていた。

思わずホッとしてしまう。

俺が寝ている間に陽斗美に何か起こったら、なんて考えていたのだ。

ばあちゃんだって七日目の朝、眠るようにして亡くなったんだから。

「雅時、あんたもしかして、彼女でもできたの？」

朝食をかきこんでいると母親に言われて思わずむせた。

味噌汁が変なところに入る。

「その反応は、できたのね」

なんて、母親はにやにやしている。

となりで新聞を広げていた父親も、微笑ましそうな顔で俺を見ていた。

「なんでわかるんだよ」

「これでも十六年もあんたの親やってんのよ。なめないでほしいわ」

「雅時ももう、そんな大人になったんだなぁ」

なぜかいばる母親と、過ぎ去った十六年間に思いを馳せる父親。

こっちの緊迫した状況なんて知らず、親なんて本当に呑気なものである。

「でもあんた、ちゃんと気をつけなさいよね」

「どういうことだよ」

「まだ高校生でしょう。責任取れないようなことするなって言ってんの！」

「まぁ、その、やるなって言ってもやるのが高校生だよ母さん。ここは男の口から言ったほうが――」

「ふたりで勝手に話進めんな‼」

「あらやだ、この子、真っ赤になっちゃって。純情なのねぇ」

まったく、困った両親だ。

それにしてもなんでバレてるのか本当にわからない。

親の勘というやつは怖い。

朝食を済ませたあとは、ずっと部屋で陽斗美とメッセをやっていた。

予定通り九時きっかりに、陽斗美の家を目指す。

見慣れた街の景色が、どこかいつもと違って見えた。

昨夜遅くに降った雨のせいでアスファルトは湿り、街路樹にかかった蜘蛛(くも)の巣はレース編みのような自然の芸術作品を作っていて、空には秋らしい羊をならべたような雲がのんびりと浮かんでいる。

「どうかな？　このカッコ」

玄関口で俺を出迎えた陽斗美はいかにもこの子が好みそうな、うすいピンク色のTシャツにデニムのショートパンツというカジュアルないでたち。

メイクはうすい色付きのリップだけ。

でも、すごく似合っていて陽斗美らしい。

「最高にかわいい」

「本当？　一応、スカートはやめたんだよね」

「なんで？」

「雅時くん、すぐパンツ見るんだもん」

「いつ俺がそんなことしたんだよ！」

命の危機がすぐ傍まで迫ってるなんてまったく感じさせないような、いつものふたりのやり取り。

午前中は陽斗美のピアノを聴かせてもらったり、俺は俺でエリーゼのためにとか比較的簡単な曲を弾いたり、またふたりで連弾したり、楽しくすごした。

昼食は、陽斗美が手作りしてくれるという。

「今日はね、タコライスプレートだよ。自信作」

ご飯の上にトマトとそぼろ肉、チーズがかかっていて、添えられたアボカドとレタスにはマヨネーズ。

ハワイアン風の木皿にのっていてミネストローネのスープ付きで、なるほど自信作というだけのことはある。

「陽斗美って料理上手いな、トロいのに」

「調理実習で指切っちゃうくらいにねー」

「でもこれだけのもの作れるってすげぇよ。いい嫁さんになれそう」

三秒ほど、ふたりの間の空気がかたまった。

それから陽斗美は破顔する。

「やだもー、雅時くんってばー。それって婉曲的なプロポーズだよ」

「馬鹿、ちげーよ」

「えー違うのー」

「そういうことはいつかちゃんとしたときに、ちゃんと言いたいから」

つい頬が熱くなってしまう。

自分の言葉の意味を、その重さを、言ってから理解する。

言われた陽斗美のほうも同じだったらしく、頬を赤らめる。

「いつかそういう日がくること、楽しみにしてる」

「ああ、そうしてくれ」

食事のあとはふたりで洗いものをする。

料理は全部陽斗美にやってもらってたから、それくらいは手伝わないと俺の気がすまない。

陽斗美は片付けにはうるさく、「それじゃあちっとも洗えてないよ！」とか「いやそれこっちじゃない！　こっちに置くの！」と母親か姉みたいな小言を言ってくる。

うるさいけど、陽斗美ならそれすらも愛しい。

完全にこれは、恋の病だ。

「七日目、意外と何も起こらないねー」

ふたりで洗いものを片付けて、リビングテーブルに座り、コーヒーを啜っていた。

テレビは全国各地の新婚さんを紹介するご長寿番組をやっていた。

「雅時くんと結婚したら、この番組、出たいな」

「えー俺は絶対いやだ」

「なんで」

「だって、ふたりの出会いは、って聞かれたらどう説明すればいいんだよ。死の香りがするから気になりはじめて仲良くなったって、だれも信じてもらえねぇぞ」

「いいんじゃない、その回だけ伝説的なスピリチュアル番組になるよ」

「なんねぇって」

えー、と陽斗美がふてくされてみせたとき、俺のスマホがぶうぶうとふるえた。

初期設定から変えていない着信音が鳴る。

だれかと思ったら、『母』の表示。

『もしもしあんた、今どこにいるの？』

「どこって、彼女ん家」

『彼女の家ってどこよ！』

「鶴ヶ台だよ」

　緊迫した声からして、ただならぬ事態であることはわかっていた。

　となりの陽斗美を見ると、陽斗美もじっと神妙な顔をしてスマホから漏れ聞こえてくる母親の声に耳を澄ませている。

『とにかく今からすぐに南原本に来て。お父さんが事故に遭ったの』

「事故って……」

　そういえば今朝、俺がデートなら久しぶりに俺たちもデートでもしようかと父親が言っていたことを思い出した。

　いやぁもうこの人は、と母親もまんざらでもない顔をしていた。

『歩いていたらとつぜん、車が突っ込んできたの。父さんは私をかばって……』

　天と地がひっくりかえる衝撃に、目の前が一瞬スパークする。

　母親の声がふるえていた。

　たぶん泣いている。

母親の涙というものを、俺は見たことがない。

大人は泣かないものだと、ついさっきまで思っていた。

『とにかくすぐ来て。すぐよ。じゃあまた連絡するから。とにかく、南原本の原本総合病院だからね』

電話はそこで切れてしまった。俺と陽斗美の間にしばらく濃密な沈黙が広がる。

テレビの中でソファーからずっこけるタレントの笑い声が耳ざわりだった。

「いったい、何があったの？」

「父さんが事故に遭った……」

「え⁉　大変‼　どこの病院なの、すぐ行かなきゃ‼」

陽斗美がソファーから立ちあがる。

今すぐにでも飛びだしそうな勢いだ。

「待て、とにかく落ちつけ。今日は陽斗美の七日目なんだ」

「でも、雅時くんのお父さんが……」

「はなれたら危ない。ここでじっとしてたほうがいい」

「お父さんのこと見捨てるの⁉」

陽斗美が全身で怒っていた。

俺だって今すぐ父親のところにかけつけたい。

でも陽斗美をひとりにはできない。

父親と陽斗美、いったいどちらを取ればいいのか。

「べつに見捨てるわけじゃない。わかってるだろ、俺の言いたいこと」

「わかるけど……」

「今日、おまえが外に出るのは危険すぎる。途中でおまえまで事故に遭ったらどうする!?

俺は父さんと陽斗美と、ふたりいっぺんに亡くすことになるんだぞ!?」

陽斗美はしばらく黙った。

どうすればいいのか本当にわからなかった。

父親のことは大事だ。陽斗美のことも大事だ。

どちらか一方を選ぶなんて、絶対にできない。

「わかった、じゃあわたしも一緒に行く」

陽斗美が決意のこもった目で言った。

「事故に遭いそうになったら、雅時くんが守ってくれるでしょ?」

「そんな……俺はそんな大した人間じゃ」

「あのときバレーボールから守ってくれて、わたし、雅時くんのこと好きになっちゃったんだよ」

二度目の告白。

胸にずしんと、たしかな重みを持って底まで届く。

「わたしは雅時くんのこと大好きだし、雅時くんのこと絶対信頼してる。断言する。雅時くんと一緒なら、わたしは死なない‼」

迷いのない目に、鼻の奥が熱くなる。

好きな人に、ここまで言ってもらえる俺はなんて幸せなんだろう。

必死で頭を回転させた。

もしここで陽斗美を残して俺だけ外に行って、その間に陽斗美の身体(からだ)に何かあったらどうする？

苦しみ出したとき、救急車の一台すら呼んであげられないのだ。

もし陽斗美が運命通り死んでしまうとしても、俺は陽斗美のそばにいたい。

いや。

陽斗美のそばにいて、絶対に陽斗美を死なせたくない。

「わかった」

立ちあがって、言った。

背のあまり高くない俺の目線は、陽斗美と大して変わらないところにある。

「行こう。一緒に」

「雅時くんならそう言ってくれると思った！　ちょっと待ってて、お財布とスマホだけ用意してくるから！」

陽斗美はバタバタと自分の部屋にかけていった。

ふたりともスマホと財布だけ持って、あわただしく家を飛びだした。

タクシーを捕まえようと思ったが、田舎道を都合よく走っているタクシーはなかなかいない。

しかたなくふたり、最寄りの鶴ヶ丘温泉駅を目指す。下り坂なのに、ふたりとも息が切れていた。

スニーカーでもあっという間に足が痛くなる。胸が痛い。

父親に何かあったら、俺はいったいどうすればいいんだろう。

いつのころから、小学校の通信簿にいつも「協調性がない」「お友達と遊ぶのが少し苦手な子のようです」などと書かれていた。

母親や姉貴は「いったいだれに似たんだろうね」だの「毎回毎回協調性がないだなんて、ちょっとおかしいよね」だの、挙句は「もう一度カウンセラーの先生のところに連れて行ったほうがいいのかもしれないねぇ」なんて言われてた俺をかばってくれたのは、いつだって父親だった。

「協調性がなくたって、友達と遊ぶのが苦手だって、いいじゃないか。雅時には雅時のペースがある。いつか雅時にだって大切な友達ができて、その人のために一生懸命になれる日がやってくる。家族として、それを信じてやろうじゃないか」

「……雅時くん、泣いてるの？」

思い出したら、走りながら泣いていた。

お互い運動不足だから息は切れ切れで、走るのもだいぶ遅くなって、もはや早歩きのペースになっていた。

陽斗美の目が心配そうに俺を覗きこむ。

「俺、父さんのこと大好きなんだ」

「うん」

「陽斗美のことも大好きなんだ」

「うん」

「だからどちらも、失いたくない」

「大丈夫だよ」

陽斗美がぎゅっと手を繋いでくる。

汗ばんだ手の温もりが、力強さが、俺に走る勇気を与えてくれる。

「言ったでしょう、わたし、絶対死なないって」

「あぁ」

「雅時くんと一緒なら、何があっても大丈夫に決まってる！　そう、何があっても絶対、絶対、大丈夫‼」

返事のかわりに、強く握ってくるその手を握りかえした。

鶴ヶ丘温泉と駅名に銘打ってるわりに、うちの地元には温泉街らしい風情はまったくない。

コンビニがあり、地方銀行があり、小さなケーキ屋や美容室がある。

でも、ふだんなら鬱陶しいぐらい普通なその光景が、今は大切だった。

いきなり車が突っ込んできて陽斗美がケガをしないこと。

強風が吹いて看板が倒れてきて陽斗美に当たらないこと。

スピード違反のバイクが陽斗美にむかってこないこと。

そのことだけでも、神様に感謝したい気分だった。

ふたりともあわてていたせいで、スイカを持ってくるのを忘れた。慣れないアプリを操作し、スマホで料金を払う。

電車は不幸なことに、行ったばっかりだった。

それでもさすがに日曜日だ、新宿方面のホームはそこそこにぎわっている。

どこかを目指す幸せそうな親子連れ、仲のよさそうな大学生カップル、中学生ぐらいのやかましい男子グループもいる。

「どっちがいい？」

陽斗美が自販機で缶コーヒーとお茶を買ってきた。

二本を目の前に差しだして、あざとくない角度で小首をかしげる。

「雅時くん、甘いの嫌いみたいだからブラックにしたの。でも一応、お茶も買っておいた」

「陽斗美が好きなほう飲めよ。俺はあまったやつでいい」

「でも今は、雅時くんが選んだほうがいいんじゃないかな」

陽斗美の目が、ゆれていた。

とても強くて、まっすぐで、素直で、でも触れたら壊れてしまいそうな脆さも持ち合わせた瞳。

陽斗美だって本当は不安に決まってる。

自分が今日死ぬと言われて、平静でいられる人間がいるわけない。

心にはちきれんばかりの黒いものを押し抱えて、それでも気丈に俺に接してくれる大好きな人を、絶対に守らなければならなかった。

「じゃ、コーヒーで」

「わかった」

「ていうかおまえ、ブラック飲めないだろ。最初からそのつもりで、お茶買っただろ？」

「あは、バレた？」

おでこにぱちんとデコピンするまねをすると、陽斗美はえへへと笑ってくれた。

ベンチに腰かけ、俺はプルタブを引き、陽斗美はペットボトルのキャップをまわす。苦くて冷たい液体が舌を刺激し、喉（のど）を通って胃に落ちていく感覚を味わうと、さっきまでばくばくと身体の中心で暴れ回っていた心臓が、だんだん落ちついていった。

「ちょっとは、元気になった？」

「あぁ、ありがとう」

「よかった」

「大丈夫なのかな、父さん」

黒はすぐ白になり、白はすぐ黒になる。

大丈夫だといくら言われても、そんなのわからないじゃねぇかと反発する自分がいる。

ここまで自分が弱い人間だって、知らなかった。

「お母さんにメッセしてみたら？　今から電車乗るって」

「うちの親、アプリ、使えないから」

「えー古っ！　わたし、お父さんともお母さんともメッセしまくってるよ。仕事で忙しいから、そのぶん毎日やり取りしてるの」

「なんか、今どきの親子だな」

「そうかも。でもさ、メッセできないなら、せめて電話ぐらいしてみなよ？」

言われて、ホームの端の、あまり目立たない位置に移動する。

電車の中じゃないんだから電話はマナー違反ではないが、だれかに聞かれてありがたい話ではない。

母親はなかなか出なかった。とぅるるるる、とぅるるるる、とぅるるるる、と呼び出し音が連続するのがなんとももどかしい。

病院だから電話はできないってことなのか。

それとも電話ひとつできないくらい、状況がひっ迫しているのか。

つい、いやな想像ばかりが頭をぐるぐるする。

十二回目の呼び出し音で、やっと母親は出てくれた。

『もしもし雅時？』

「今鶴ヶ丘温泉のホーム」

『駅にいるの？』

「ああ。父さんはどうなった？」

『それがね、今……』

きゃあああ、と空気を切り裂く声にすべてをかき消される。俺はスマホを耳からはなして、反射的に声の出どころを確かめていた。

真っ赤な血のようなものが目に飛びこんできた。

さっきまで騒がしかった中学生グループが、蜘蛛の子を散らすがごとく逃げまわっていた。

駅員を呼べ！、とか警察を呼べ！、という声がホームに響いている。

悲鳴を上げたのは大学生カップルだった。

男のほうも女のほうも、腕をざっくり切られているようだ。

切ったのは、帽子を目深にかぶった黒いTシャツの男だった。

その胸にプリントされた赤いロゴが不吉に見えた。

た。

直感的に、包丁を手にした男はまだだれか切る対象をさがしているんじゃないかと思った。

高鳴る心臓を抑えて、必死で陽斗美をさがした。

鼻の奥で死の香りが強くなる。

不気味に、甘く、びんびんと鼻孔を刺激する。

「陽斗美、どこだ⁉」

逃げまどう人の中でようやく俺は陽斗美を見つけた。

陽斗美は財布とスマホだけを入れたトートバッグを持って、突っ立っていた。

何かを見ていた。

陽斗美の視線の先に、黒いTシャツの男がいた。そいつの包丁から鮮血がぽたりぽたりと滴り落ちている。

「いや！　この子に手は出さないで‼」

叫んでいるのは、さっき幸せそうだなと思って見ていた親子連れの母親のほうだった。

胸に二歳か三歳くらいの子どもを抱きしめている。

トイレにでも行っているのか、父親と上の子の姿はない。

目を隠している帽子の下で、唇がにやりと歪んだ。

包丁が持ちあがる。

「いや‼　やめて‼」

母親の必死な声がプラットホームじゅうに響きわたった。

そのとき、陽斗美が動いた。

トートバッグを手に、まっすぐ男にむかっていった。

反射的に思った。これで、陽斗美は死ぬ。

「やめろ！　陽斗美‼」

俺が叫ぶのと同時に、陽斗美は男の頭に思いきりトートバッグをぶつけていた。

はずみで包丁が吹っ飛んでプラットホームの隅に落ちる。

陽斗美は素早く包丁にかけより、それをぎゅっと握った。

もうだれも切らせないという決意がこもったような握り方だった。

「今のうちだ！」

「取り押さえろ‼」

いくつかの声がして、男が駅員たちに取り押さえられる。

緊迫していたプラットホームにようやく安堵が訪れた。

だれかがさっそく呑気な電話をしていた。ねぇ今、すごいの見ちゃった。あたし、刺されるかもしれなかったんだよ。本当だよ。

俺はまっすぐ陽斗美のもとに走った。陽斗美は、ふるえていた。

自分が咄嗟にとった行動が、信じられないようだった。

俺はそっと陽斗美の手からナイフを取り、脇に置いて、ぎゅっとその小さな身体を抱きしめた。

「危ないことするなよ馬鹿」

「ごめんなさい」

「でも、よかった。おまえが無事で」

「本当によかった」

陽斗美が無邪気な顔で俺に笑いかける。

「言ったでしょ？　わたし、絶対死なないって！　わたし、死ななかったでしょう？　すごいでしょう？」

「ああ、すごい」

犬にするようにくしゃくしゃ頭を撫でながら、涙があふれていた。

俺と陽斗美は、勝ったんだ。

運命という抗いようのないものから、勝つことができたんだ。

そしてこの先の人生を手に入れた。

十年後も百年後も、ずっと陽斗美のそばにいたい。

陽斗美を強く強く抱きしめる。

安堵のなかに、忘れていた刺激がよみがえってくる。

さっきまで漂っていた、甘くてどこか懐かしい……

キンモクセイ?

陽斗美の肩越しのむこうからグレーの帽子の男が近づいてくる。

男は手に、バタフライナイフというんだろうか、狂暴な光を発する刃物を持っていた。

俺は咄嗟に陽斗美を突き飛ばし、男の前に立ちはだかった。

男の口もとには狂気じみた笑いが浮かび、目玉はぎらぎらとこの世のものとは思えない光を放っていた。

ウソだろ!　とか、もうひとりいた!　という声が遠くでしていた。

男が刃物をふりあげる。

俺は咄嗟に男にむかっていった。

無我夢中で身体ごと、飛びだした。

ナイフを奪おうとした次の瞬間、腕を閃光(せんこう)のような痛みがかけぬけた。

うずくまる俺のもとへ陽斗美がかけよってくる。

「雅時くん‼」

男が不気味に唇を歪めた。

そのままナイフを陽斗美にむける。

白い首筋に、ナイフが容赦（ようしゃ）なく突き刺さる。

赤いものが噴きあげ、陽斗美がその場にばったりと倒れた。

「陽斗美‼」

抱き起こすと、陽斗美は億劫（おっくう）そうな動きで顔を俺のほうへ動かした。

「……雅時くん？」

「ここにいるぞ」

伸ばそうとしている陽斗美の手を握った。

温かい手が握りかえしてきた。

「雅時くん、ありが、とう……守って、くれて……」

「いいから何も言うな！　大丈夫だから、そばにいるから」

「雅時君のこと、あいし……」

「陽斗美、死ぬなよ‼」

その言葉が届いていたのかいなかったのか。

陽斗美の手から力が抜けていく。

目を見開いたまま、陽斗美の頭ががくりとした。

動かない時間のなかで、俺は理解した。

陽斗美は今、この男に刺された。

もう、あの不気味な妖しい香りはしなかった。

つまり、陽斗美の命が失われてしまったということだ。

俺はぐにゃぐにゃになった陽斗美の身体をそっとホームに横たえて、立ちあがった。

心臓は火がついたようにうるさいのに、頭の芯は不思議と氷がつまったみたいに冷静だった。

今何を言うべきか、自分が何をしたらいいのか。すべてが、ちゃんとわかっていた。

「ふざけんなよ」

グレーの帽子の男が、俺に歩み寄る。そいつは、歪んだ唇で笑っている。

「だれでもよかったのか」

男がこちらを見る。俺も睨（にら）みかえす。

ナイフは今まさしく俺にふりあげられようとしていた。

なぜか、恐怖はなかった。

「どうしてそんなに、ひどいやつでいられる？」

言いながら、わかってしまった。

こいつは、俺だ。

世界を拒み、世界を避け、世界を見下して生きていたままだったら、俺だっていつか同じことをしていたかもしれない。

こいつは、俺がたどらなかった道を歩んだ結果、こんな大人になってしまったんだ。

「知ってるか。エーデルワイスって、すげぇいい曲なんだよ」

男は答えない。

「大切な人と見る星空って、めちゃくちゃきれいなんだよ」

男は答えない。

「夏の最後にする線香花火って、けっこうオツなもんなんだよ」

男は答えない。

きっとこいつに何を言ったって、どう諭したって、馬の耳に念仏もいいところだろう。

世界に背をむけて生きていたころの俺が、すべての人間が馬鹿に見えていたのと同じように。

何人かの警官が走ってきて、力ずくで男を取り押さえた。

途中でばん、と発砲する音がしたが男に弾は当たらなかったようだった。

男が抵抗する力を失ったあと、俺はようやく感情を発散させることができた。

「どうして大人なのに、俺よりずっと長く生きてるのに、わからないんだ！　世界を憎むことは、世界に負けることなんだよ‼」

警官が俺の肩を抱いてくれた。とても力強い手だった。

郊外の駅で、ふたりの通り魔現る！　一人死亡。ふたり重傷。

そのニュースは瞬く間にワイドショーを席巻し、犯人ふたりの名前と顔とひととなりもあっという間に世間にさらされた。

黒いTシャツの男は四十歳、グレーの帽子の男は三十四歳。

ふたりとも東京の企業に勤めている優秀なサラリーマンで、勤務態度はいたって真面目（まじめ）。

そんなふたりが酒を飲みながら相談をした。

ふたりで組んで、無差別殺人をはたらいたらおもしろいんじゃないかと。

ひとりが包丁を使い、それが取り押さえられたところで、もうひとりがバタフライナイフを使う。

そんな、正気の沙汰とは思えない計画を、普通の大人たちが実行してしまった。

ワイドショーに出てくるえらいコメンテーターの大人たちは、どうしてこんな事件が起こるのかまったく理解できていなかったし、見ている人たちも同様だった。

俺だけが、あいつの気持ちを知っていた。

ちなみに父親は奇跡的な軽傷で、腕の骨折だけで済んだ。

そういえば父親から死の香りはしていなかったと、病院で気づいて、少し泣いた。

12　生と死

ショパンの別れの曲が情感たっぷりにホールを覆っている。

この曲がこんなに切なく苦しく響く日が来るなんて、思わなかった。

修也さんのはからいらしく、陽斗美が発表会で弾いたパッフェルヴェル・カノンとアラベスクも流れた。

集まった陽斗美の幼稚園から高校までの同級生たちは、みんな涙を流していた。あの坂野までが洟をすすっていた。

陽斗美はそれくらいみんなから愛され、慕われ、幸せに生きていた。

でも、それがなんなんだ。

生きてたときに幸せだからって、死んだらなんにもならない。

残るのは真っ暗な穴にどこまでもすいこまれていくような悲しみだけで、死んだ人はいなくなるだけだけど、遺された人はその悲しみを背負って、これからも生きていかなきゃいけない。

死なれるって、こんなに辛いことだったんだ。

わかっていたつもりだけど、改めて思い知らされる。

「三倉くん」

出棺のあと、石澤に声をかけられた。

石澤はどれだけ泣いたのかと思うほど目が真っ赤で、ウサギみたいになっていた。

数日の間にすっかり頰が瘦けて、高校一年生のはずなのに三十歳くらいに見えてしまう。

「あなた、陽斗美と一緒にいたのよね。あの日、駅に」

「あぁ。最後のとき、陽斗美と一緒だった」

石澤の白い頰を涙が伝っていく。

「あなた、男でしょう？　陽斗美の彼氏なんでしょう？　自分の彼女が刺されようとしたら、全力で守ってやるのが男の役目なんじゃないの？」

その通りだと思うから、言いかえせない。

陽斗美が黒いTシャツの男にむかっていったあの瞬間、俺は見事に何もできなかった。

陽斗美をかばうつもりが、かえって陽斗美に守られてしまったんだ。

本当に、いやになるくらい、無力だった。

「なんで陽斗美を死なせるのよ！　なんで陽斗美を守ってやらなかったのよ！」

「藍（あい）」

両側から前園（まえぞの）と金原（かねはら）がたしなめる。でも石澤は止まらない。

「そもそもあんたなんかと付き合ってなかったら、陽斗美はあのときあの場にいなかったし、あんなひどい事件に巻き込まれることなんてなかった。陽斗美が死んだのは、あんたのせいよ」

「藍、それ以上は……」

「わかってるの⁉　陽斗美はあんたに殺されたようなもんなのよ‼」

絶叫する石澤をみんなが見ている。

今にも泣きそうな顔をしている人もいる。

泣きながら見ている人もいる。

俺は、泣けなかった。

石澤の言葉があまりにも的（まと）を射（い）すぎていて、苦しくて、涙も出ないほど打ちひしがれていた。

もし、俺があのとき保健室で陽斗美を助けてやらなかったら。

もし、俺があのときおばあさんに道を聞かれて困っている陽斗美に声をかけなかったら。

もし、俺が陽斗美を好きにならなければ。

もし――……

一緒にいたら、守れると思っていた。

守って、守りぬいて、いつかは一緒に幸せになれると信じていた。

でも、逆だった。

俺のせいで、陽斗美は十六歳にして死んだ。

この世のどこにも、いなくなった。

陽斗美を殺したのは、俺だ。


「シケた顔してんのな」

火葬場の手前のベンチでうつむいている俺に声をかけてくれたのは、修也さんだった。手に缶コーヒーを二本持っている。

「飲めよ」

九月にしては暑い日で、頬にぺとんと当てられた缶コーヒーの冷たさに救われる。

ふたり、ならんで座ってちびちびとコーヒーを飲みながら、火葬場までついていった弔(ちょう)問客(もんきゃく)を見ていた。

ほとんどが制服姿だった。

ギャルがいる。おとなしそうな子がいる。頭のよさそうな子がいる。かわいらしい小動物系の子がいる。男もいる。

どんなやつとも陽斗美は仲良くしていて、世界を愛していた。

世界を拒絶していた俺とは真逆に、自分のまわりの人すべてに無償の愛を注いでいた。

「あいつは、幸せだったと思うよ」

最愛の妹を失った直後だというのに、修也さんは精悍な顔つきでそんなことを言う。身体だけでなく心までしっかり鍛えていた人なんだろう。

「好きなことをして、好きなものがたくさんあって、好きな人にかこまれて。その中でも、おまえの腕の中で逝けて、幸せだったんじゃねぇかな」

「ほんとに、そんなこと思ってるんですか」

「そう思うしかないだろ」

答える声が、少しだけふるえていた。

しばらく、無言が続く。

今まさに何度も抱きしめた陽斗美の身体が灰になっていくのかと思うと、身体じゅう引き裂かれるような辛さが胸をしめつける。

本当にもう、俺の愛した人はどこにもいない。

焼かれて、骨だけになって、あのきれいな髪も澄んだ瞳も、みんなこの世から消えてしまう。

「俺、生きてていいんですかね」

気がついたら、そう聞いていた。

唇が勝手に言葉を紡いだ。

「なんでそんなことを思うんだ」

「だって、陽斗美を殺したのは、俺だから」

「違うだろ。陽斗美は頭のおかしい大人に殺されたんだ。おまえは陽斗美を守ろうとした」

「でも、守れませんでした」

いざという時立ち向かえる人だと、陽斗美は言った。

でもそれは俺じゃなくて、陽斗美だった。

立ち向かえる陽斗美が死んで、立ち向かえない俺が生き残った。

「陽斗美が死んだのは、俺のせいなんです。どう考えても、俺が悪い」

喉の奥でその言葉がふくらみ、二重にも三重にもなって肺を圧迫する。

俺が悪い。俺が悪い。俺が悪い。俺が悪い。俺が悪い。俺が悪い。

「修也さんの言うとおりでした。俺は、陽斗美と付き合うべきじゃなかった」

修也さんは答えない。

心の底では、俺と同じことを思っているのかもしれない。

「陽斗美と付き合うとき、陽斗美の友達にもさんざん反対されました。俺なんか、ダメだって。言うことを聞いておくべきでした」

一緒にいて守ってやるはずだったのに、一緒にいたせいで陽斗美は死んだ。

やっぱり、
俺は死神だ。

鼻が死の香りを察して、次々とまわりの人が消えていく。

俺が死神だから、ばあちゃんが死んだ。

千歌（ちか）が死んだ。

恭太（きょうた）が死んだ。

陽斗美が死んだ。

「ごめんなさい。陽斗美が死んだのは、俺のせいです。俺がしっかりしてなかったからいけないんです。俺と一緒にいなければ、陽斗美は死ななかった」

「そんなことは二度と、言うな」

低い声に顔をあげると、修也さんは険しい、でもとてもやさしい目で俺を見ていた。

「おまえは、生きるんだ。陽斗美の命を背負って、陽斗美に恥じないように、せいいっぱい生きるんだ。そうしなかったら、俺がおまえを殺してやる」

「冗談、ですよね？」

「冗談でこんなこと言わねぇよ」

修也さんの目は真剣だった。

頭の中に小さなメロディーが聞こえてきた。

手をふりまわしながら歌っていた陽斗美の姿を思い出す。

陽斗美は、俺と歩くことを心底楽しんでいた。

そんな陽斗美がいなくなって、歩いていく気力もなくなって、でも俺は、歩いて行くべきだ。

修也さんが言っているのは、間違いなく本当のことなんだから。

「陽斗美のことが好きだったんなら、生きろ。幸せになれ」

修也さんがでかい手を俺の頭にのせて、乱暴に撫(な)でてきた。

俺はあふれる涙をそのままにしながら、しばらくその動きに身をまかせた。

一週間、学校を休んだ。

ケガのせいで病院に通わなきゃいけなかったし、警察の事情聴取もあったし、心を立て直すためには時間が必要だった。

休みたいと言うと、両親は無理に行けとは一言も言わなかった。

毎日本を読み、音楽を聴き、時々勉強をしてすごした。

何もしていないと癒えていない傷から鮮血があふれてきそうだったから、常に何かしていた。

そしてよく眠った。

一日十時間でも十二時間でも、とにかくたくさん寝られた。

四日目の夜、姉の美穂子から電話がかかってきた。

母親から電話で事情を聞いて、あわててかけてきたのだと言う。

『あんた、ほんまに大丈夫？　変なこと考えてないやろね』

「変なことってなんだよ」

『たとえば自殺とか、犯人に復讐とか、そういうこと』

性格はきついが、姉はだれよりもやさしい。

小三のころ、身体は小さいわ、運動音痴だわ、性格は暗いわ、でクラスでいじめに遭ったとき、助けてくれたのはすでに当時中学生になっていた姉だった。

「うちの弟にこれ以上なんかしたらあんたたちぶっとばすからね‼　女だからってナメてんじゃねーよ‼」

その一言でいじめっ子たちをビビらせた姉を、俺はちゃんと尊敬している。

「そういうこと考えないために、学校、休んでんだよ」

『そう。だったらええけど。あんたって繊細だからさ』

「繊細、なのかな？　俺って」

『姉のあたしから見ると、あんたはずいぶん繊細よ。繊細過ぎて生きていくの大変だと思う』

そうかもしれないな、と素直に思う。

人と違う能力を持ってしまったがために、俺は今まで生きていくのに随分苦労していた。

人を避けること、人と関わらないこと、人と目を合わせないこと、その他いろいろ。

たくさんのルールで自分を縛りつけて、自由に生きられなかった。

『でもね、あんたのその繊細さって、すごい武器になるんよ。あたしみたいな人には、あんたの気持ちは絶対わからないし、わかってあげられへんから。でもあんたは、弱い人間の気持ちがわかる』

「自分が弱いから、か？」

『弱いのも才能よ』

電話のむこうとこっちで、しばらく笑った。

無理に変わろうとなんかしなくていい。

背伸びなんかする必要ない。

自分は自分だと、強がりじゃなく胸を張ってそう言える人間に、俺はなりたい。

学校を休んでちょうど一週間、午後に久しぶりに外出した。

最初は家の前の公園や大ケヤキのあたりをうろつき、それから学校へむかった。

私服姿だったが、かまわなかった。

もし教師に注意されたら、素直に事情を説明すればいい。

俺と陽斗美にあったことはすでに学校じゅうに知れわたっているはずだから。

放課後の校舎は、一日の授業という重圧から解放された生徒たちの活気に満ちていた。

校庭ではサッカー部や野球部が汗を流し、体育館ではバスケ部やバレー部がボールをはじき、校舎の中では文化部がそれぞれのセンスで何かを熱心に表現している。

たしか今日は、美術部は活動していなかったはずだ。

でも直感で、俺は美術室にむかっていた。

予想通り、石澤がそこにいた。

キャンバスにむかって熱心に、校舎の屋上から眺めた風景を忠実になぞっている。

石澤の筆が動く。色が躍動する。

景色が写真よりも迫力を持って、そこに立ちあがる。

「おまえの絵、上手いんだな」

すぐ背後に迫っていた俺にも気づかず一心不乱に筆を動かしていた石澤が、ぎょっとした顔でふりかえる。

次の瞬間椅子から立ちあがり、キャンバスを身体でふさいだ。

「見ないでよ」

「なんでだよ」

「あんたなんかに見られたくない」

「おまえ、美大に行きたいんだろ？　美大に行って、たくさんの人に絵を見てもらえるようになりたいんじゃないのかよ？　いろんな人がおまえの絵を見るようになるんだから、今からそんなこと言ってちゃダメなんじゃないのか」

石澤の表情がかたまった。

羞恥と恐れを必死で押しかくす石澤の身体をそっとのけて、俺はキャンバスをまじまじと見る。

　小さな宇宙が、そこにあった。

　こまごまとした家が連なっている。時々アパートがある。遠くに田畑が見え、その中央を白い電車が走っていく。

　田畑の中で犬を散歩させている人の姿まで、石澤の筆はしっかりと捉えていた。

「すげぇじゃん」

「すごくないわよ。これぐらい描ける人なんて、ごろごろいるんだから。わたしの絵なんて、大したもんじゃないのよ」

「それでもすげぇよ。俺、人間描けって言われても棒人間しか描けねぇもん」

　気の利いたことを言ったつもりだったのだが、石澤は笑ってくれなかった。

　やっぱりどうしても、この女の子は俺を許してくれないのだと思った。

　それでも俺は、石澤と話をしたかった。

　明日から学校に行くと決めたから、その前に石澤にちゃんと自分の思いを伝えたかった。

　伝えても無駄だと言う自分もいる。でもその自分に打ち勝って、俺は何としてでも自分の思っていることを伝えるべきなんだ。

　その結果、石澤に許されないのだとしても。

「おまえ。陽斗美のこと好きだったろ」

びくん、と石澤の身体が動く。たちまち、顔から血の気が失せていく。

「友達として、じゃなくて、別の意味での好き。違うか？」

「……なんでわかったの」

「俺は陽斗美のことが大好きだったから、わかるんだ。俺が陽斗美を見る目と、おまえが陽斗美を見る目が、一緒だった」

大好きだったから、だれかが陽斗美のとなりに並ぶなんて耐えられなかったんだろう。

でも素直に気持ちを伝えるわけにもいかなくて、苦しんだんだろう。

俺は石澤にひどいことをされたけれど、石澤だって悩んで苦しんだ結果ああいう行動を取ったんだ。

「で？　脅すつもり？」

今にもふるえそうな小さな身体から、強気な言葉が発せられる。

「脅すって、どういう意味だよ」

「バラされたくなかったら何かしろって言うつもり？　どんな見返りを要求するの？」

「俺をおまえと一緒にするな」

石澤がきゅ、と唇を引き結んだ。

「俺は、そんな卑怯なことはしない」

石澤がうつむいた。

ウソをついたり、誤魔化すこともできたはずだ。

でもそうしなかったのは、石澤がいいやつだからだ。

石澤は卑怯だけど、ズルいけれど、独占欲強すぎだけれど、でもいいやつなんだ。

陽斗美の親友なんだから。

「小学校のとき、はじめて好きになったのは女の子だった。みんなが修学旅行で好きな人はだれかって打ち明け話するとき、すごく困っちゃった。その子も一緒にいたから、適当な男子の名前あげてその場を切りぬけたけれど」

石澤のきつく握った両手が、小刻みにふるえていた。

「中一のときに好きになったのも、女の子だった。その子に彼氏ができてすごく苦しんで、二年生と三年生のときは別の人に恋をしてた。気持ちは、伝えられなかった」

「その子とはどうしたんだ？」

「卒業と同時に、はなればなれよ。今でもたまにメッセする。その子にも最近彼氏ができたみたい」

好きになってもらえない相手しか好きになれないというのは、どれほど苦しいんだろう。

石澤はこの先ずっとひとりなのかもしれない。

好きになった相手から、想いを返してもらえないかもしれない。

そんな絶望は、石澤自身自覚しているはずだ。

「高校に入って陽斗美のことが好きになって、わかった」

「何がわかったんだ?」

「わたし、どう考えても普通じゃないんだって」

「普通の人間、なんてどこにもいない」

同性が好きとか、人の死の香りを嗅(か)ぎわけるとか、そんなことじゃなくても、だれもが普通じゃない部分を持っている。

みんな少しずつズレていて、みんな少しずつ間違っている。

変わっていることを恥じる必要は、ちっともないんだ。

「言わないでよね。奈津(なつ)とか清乃(きよの)に」

「言うわけないだろ。言ったじゃないか、俺はおまえとは違うって」

「……くやしいけど、なんで陽斗美が三倉くんのこと好きだったのか、少しわかった気がする」

そう言って石澤は涙をぬぐった。

いつか、石澤が幸せになれることを心から願った。

だいぶ長い沈黙があった。

窓から差しこむ秋の初めの日差しが、少しずつ夕暮れの色に変わっていく。

明かりを点けていない部屋が暗くなり始めたころ、石澤がごそごそと自分のバッグをさぐり、一通の手紙を差しだした。

一日で陽斗美が書いたとわかるような、かわいらしいピンクのハート柄の封筒だった。

「これ、あの子が死んだ二日後に家に届いたのよ。もっと大きな封筒に入ってた」

「どういうことだ？」

「メモが入ってたのよ。わたしに何かあったら、これを雅時くんに渡してください、って書いてあった」

胸の奥からいっぺんにいろいろな感情があふれだして、せきとめるのに苦労した。

陽斗美はわたしは死なない、と言った。

でも本当は、最悪の未来を想像していた。

そしてそんな未来の中にいる俺に、手を差し伸べてくれた。

「俺。本当にこの手紙、もらっていいのか？」

おずおずと手を差し出しかけると、石澤はツンとそっぽをむいた。

「渡したくないわよ、本当は。何度も破り捨てるか、燃やそうと思った」

「じゃあなんで、今渡すんだ?」

「陽斗美が三倉くんを本当に好きで、三倉くんも陽斗美を本当に好きで、わたしじゃ太刀打ちできないってわかっちゃったからよ。たとえわたしが男でも、陽斗美はわたしを選ばなかった。三倉くんを選んでた」

敗北宣言して、石澤は小さく笑った。改めて手紙を差し出す。

「安心して。中は見てないから」

「……ありがとう」

美術室を出るとき一瞬ふりかえると、石澤は再びキャンバスにむかっていた。

どこで手紙を開けるべきか悩んで、家に持って帰るのもなんか違う気がして、結局教室で読むことにした。

放課後の教室にはだれもいなくて、陽斗美の席には花が飾られていた。

真っ白い百合が、陽斗美の生まれ変わりのように見えた。

すべすべしている表面を少し撫でてみる。

死の香りとは全然違う、濃厚で艶っぽい甘さが鼻孔を刺激する。

遠くに野球部のかけ声を聞きながら、そっと封を開けた。

便箋は封筒と同じピンクのハート柄。几帳面に四つに折られている。

『三倉雅時くんへ

雅時くんがこれを読んでいるってことは、雅時くんの能力が当たっちゃったってことだよね。わたしは七日目に死んで、もうこの世にいない。

そのことを思うとすごく悲しいけれど、今雅時くんはわたし以上に悲しいだろうから、がんばって手紙を書くことにします。

これを書いている今は、土曜日の夜。七日目まで、あと二時間しかありません。もしかしたら二時間後、わたしは死ぬのかもしれない。だからそれまでになんとか手紙を書き終えて、投函しようと思ってます。

宛先は、藍。わたしがいちばん信頼できる女友達は、藍なんです。わたしと雅時くんを無理やりひきはなそうとしたとんでもない女の子だけど、でも、雅時くんの言うとおり。藍はわたしのことが大好きなんです。

だから藍を信じて、藍が雅時くんにこの手紙を渡してくれると信じて、書いています。

雅時くん。今日、ウソをついたよね。

わたしから匂(にお)い、しない？　って聞いたとき、鼻の頭をかいてたから。

ウソをつくとき鼻の頭をかくクセ。わたし、知ってたんだよ。

それでわかっちゃった。やっぱり、雅時くんの力は本物なんだって。

すっごく残念だけどわたし、明日、死ぬんだなって。

でも雅時くんがそれでも運命と闘うって決意があるから、わたしも雅時くんに従います。

最後までわたしたち、一生懸命闘ったよね。

運命を変えようと、必死だったよね。

その結果、こんな悲しいことになっちゃったけど。

でも、雅時くんがわたしを助けられなかったって、自分を責める必要はどこにもないんだよ。

断言します。雅時くんは、死神なんかじゃない。

幼稚園のときに死んだおばあちゃんも、小学校二年生のときに死んだ女の子も、大好きだった親友も、そしてわたしも。

雅時くんが死の香りを嗅いだから、死んだわけじゃないんだよ。

雅時くんは自分の能力はなんの役にも立たないって思ってるかもしれないけど、それは違うからね。

雅時くんのおかげでわたし、すごく素敵な思い出がいっぱいできた。

これから死ぬんだなってわかってても、それ以上に今、幸せなんです。

雅時くん、あのとき、お水をくれてありがとう。

おばあちゃんに道を聞かれて困ってるわたしを、助けてくれてありがとう。

家庭科室で指切ったとき助けてくれて、ありがとう。

授業中に一緒にメッセしてくれて、ありがとう。

エーデルワイスを弾いてくれて、ありがとう。

ふたりで線香花火をしてくれて、ありがとう。

わたしを好きになってくれて、ありがとう。

いっぱいのありがとうを抱きしめて死んでいけるわたしは、とても恵まれていると思います。

雅時くん。

いつか、わたしより愛してくれる人と出会ってね。

そして、ちゃんと幸せになってね。

雅時くんが幸せでいるかどうか、ずっと、空の上から見守ってます。

だからこれから死の香りがしたって、大丈夫なんだよ。

わたしがついてるからね。

北原　陽斗美』

陽斗美が愛しすぎて、いじらしすぎて、かわいくて、だからこそ今苦しくて、俺は泣いた。

涙も流さず声も出さず、ひとりでずっと便箋を握りしめていた。

手が少しだけふるえていた。

陽斗美は俺がついたウソに気づいていた。

それでも陽斗美を守ろうとした俺の気持ちに、応えてくれた。

最後まで自分に与えられた運命と必死で闘って、でもその結果もちゃんと知っていて、それでこの手紙を書いた。

陽斗美。おまえより愛してくれる人になんてとても出会えないよ。

どんな女もおまえには敵わないよ。

今は他のだれかと出会って恋をすることなんて、とても考えられない。

でもいつかそんな日が来たとしたら、俺はこの手紙を読みかえそう。

「よかったね、雅時くん」って笑ってくれる陽斗美を思い浮かべよう。


完全下校時刻になるまで教室にいて、部活帰りの生徒たちに混じって校門を出た。

俺はピンクペンペンを尻ポケに、手紙を握りしめたまま、歩きだした。

「俺は生きるからな、陽斗美」

陽斗美だけに届く言葉を、つぶやいた。


ずっと俺が嗅いでいたのは、死の香りだと思っていた。

でも、違った。

俺の鼻が捉えていたのは、線香花火が落ちる直後のような、儚く美しい命の香り。

素晴らしく甘い、特別な香りなんだ。

エピローグ

長かった夏が終わって、朝から秋がやってきた。

いつもより一時間早く起きて窓を開けると、秋のはじめの透明な空気が流れこんでくる。

ペールブルーの空には羊雲が群れをなし、庭のコスモスに朝露が光っていた。

目に映るものすべて、あざやかな彩り(いろど)に満ちていた。

何もかもが素晴らしく、今ここに生きていることに全力で感謝したい気分だった。

陽斗美(ひとみ)が死んでも、世界はこんなに美しい。悲しいほど美しい。

そしてその世界が、俺が生きることを望んでいる。

「あらあんた、今日から学校行くの?」

制服を着てダイニングルームに下りると、母親がちょっと驚いた顔をしていた。

腕の三角巾がまだ取れない父親は、片手でトーストにかぶりついている。

「いつまでも休んでるわけにはいかないからな」

「心がけは立派だけど、あんまり無理するんじゃないわよ」

「わかってるって」

「なぁ雅時」

父親は口からトーストを放し、唇についたパンくずをとった。

勿体ぶりすぎな間だった。

「おまえの身に起こったことは、そう簡単に乗り越えられることじゃない。悲しくて、やりきれなくて、打ちひしがれて、ふさぎこんで、当たり前だ」

「……うん」

「だから、そんなときは父さんと母さんを頼ってくれ。父さんも母さんもちゃんと雅時の味方だから。雅時が前をむけるように、全力で助けるから」

「――ありがとう」

照れていて、ちょっとぶっきらぼうな言い方になった。

母親がふっと苦笑し、コーヒー淹れてくるわと言った。


いつもと同じ電車に乗り、いつもと同じ通学路を歩きだす。

カーディガン姿の女子が目立ち、男子も長袖が多い。

季節がひとつ進んだことを改めて知ると、半袖のシャツから伸びた腕にじんわり鳥肌が立った。今日の風は涼しすぎる。

「おはよ、三倉くん。久しぶり」

ふりかえると前園に金原、そして石澤が立っていた。

三人とも紺やベージュのカーディガン姿だ。

「よかった、元気そうで。今日から学校、来るの？」

「あぁ」

「あのことはもうだれも気にしてないから、大丈夫だよ」

何のことを言っているのかわからず黙っていると、金原が俺の耳に口を寄せてきた。

「一昨日のホームルームで、藍、クラスのみんなに謝ったのよ。三倉くんに無理やり脱がされたのは、誤解だって。全部自分が仕組んだことだって」

「え」

「柚たちも一緒に謝ってた。みんなも許してくれた」

そこでガッと肩に手をまわされる。金原の腕は女子にしてはがっしりしていた。

「いい？　もうクラスに三倉くんの敵はだれもいないから。だから堂々としてらっしゃい。じゃないと、藍に申し訳ないからね‼」

そう言って元気よく歩きだし、前園たちとしゃべり出す金原の背中がたまらなく頼もしかった。

みんな馬鹿だと思ってたのに。

みんな敵だと思ってたのに。

自分から背をむけていた世界は、こんなにも俺にやさしかった。

教室に入ると、さっそく前園や金原に声をかける女子たちがいる。男子もいる。

始業前の教室に人が増えていく。

坂野は水木たちと登校してくると、俺の前に来てごめんね、と短く言った。

俺が一方的に疎んじていただけで、坂野はちゃんと悪いことをごめんと言える人間だったんだ。

ブルーグレーのヴェールでおおわれた世界が、ひと皮むけたように明るく見える。

陽斗美。

俺はきっと大丈夫だから。

絶対、とまではいかなくても、きっと、大丈夫。

それぐらいの言葉が、今の俺には合っている。

だって、陽斗美が俺に愛をくれたから。俺も陽斗美に愛を与えたから。

いなくなったって、ふたりの絆は絶対なんだ。

どこかで、キンモクセイに似た香りがする。
それは俺が世界に心を開いている証拠で、すべてを受け入れている証拠だ。
だからもう、俺の心は、波立たない。

あとがき

恋愛小説が苦手です。

読むのはいいのですが、自分が書くとなるとどうしても筆が重くなります。

要素として恋愛を扱った小説は今までもたくさん書いてきましたが、恋愛「そのもの」を描き切った小説は、今回が初めてとなります。

だから、と言うわけではないのですが、ひとつのこだわりとして、恋愛面だけを強調した小説にはしたくなかった。

この物語は、「人と違う」ことで周囲に壁を作っていた少年が、成長する話だと思っています。

恋愛面以上に、その深い部分を楽しんでいただけたら幸いです。

若い頃は特に、「人と違う」ことで苦しむこともよくあるのではないかと思います。

雅時（まさとき）みたいに「死の匂（にお）いを嗅（か）ぎ分けることができる」とか、藍（あい）みたいに「同性が好き」というわけではなくても、ちょっとしたことで周りとズレてしまい、その違いがコンプレックスになってしまうことは多いのではないでしょうか。

筆者自身、いろいろハミ出して生きている人間です。

「人と違う」ことは決して悪いことではないのだと、物語を通して多くの人に気付いていただければ幸いです。

最後に、この物語を書くにあたって、たくさんの方から応援や励(はげ)ましを頂きました。こうして世に出すことができたのも、そういった方々のお蔭(かげ)です。

みなさんに、そして今手に取ってくださっている読者の皆様に、心から感謝いたします。ありがとうございます。

また、次の作品でお会いできることを願って。

櫻井千姫

※この作品はフィクションです。実在の人物・団体・事件などにはいっさい関係ありません。

集英社オレンジ文庫をお買い上げいただき、ありがとうございます。
ご意見・ご感想をお待ちしております。

●あて先
〒101-8050　東京都千代田区一ツ橋2-5-10
集英社オレンジ文庫編集部 気付
櫻井千姫先生

線香花火のような恋だった

2020年2月25日　第1刷発行

著　者　櫻井千姫
発行者　北畠輝幸
発行所　株式会社集英社
〒101-8050東京都千代田区一ツ橋2-5-10
電話【編集部】03-3230-6352
【読者係】03-3230-6080
【販売部】03-3230-6393（書店専用）
印刷所　株式会社美松堂／中央精版印刷株式会社

※定価はカバーに表示してあります

ISBN 978-4-08-680309-0 C0193